思い出の屑籠《くずかご》

佐藤愛子
Sato Aiko

中央公論新社

前書き

何年もつづけていた女性週刊誌の連載エッセイを打ち切った時は、九十七歳だった。小説家を一生の仕事にしようと心に決めたのは二十五歳の時だったから、七十二年たったことになる。精も根も尽き果て、もの書きのダシ殻になった。もう書けない、書くことがないと思い、人にも訴えていたのだが、そんな時、読者の女性から「佐藤さんはそんなことをいっているけれど、そのうちまた書き出すにちがいない」という手紙を貰った。

その時は、何をいうか、他人のことだと思って勝手なことをいうな、などといっていたけれど、そのうち毎日が退屈でたまらなくなって、誰に頼まれたというわけでもないのに、思い出すままによしなしごとを書くうちに、いつかそれが溜まりに溜まって、こうして本になった。あの慧眼の読者に「降参」である。

ここに書いたのは、私の幼少期から小学校時代まで、甲子園の近くの兵庫県鳴尾《なるお》村字西畑《にしはた》（現・西宮市）で暮らした頃の思い出である。こんな昔話のどこが面白いのか、と思わなくもないが、大正から昭和の初めの生活を、書き残しておきたいという気持ちだった。

若い人々には、知らないことも多いだろうし、「ふーん、こんな時代もあったのね」と興味を持っていただければと思う。

さて、この十一月で満百歳になる。「百歳の心境は？」と聞かれるけれど、百歳になったからといって、何がどう変わるわけでもない。日々、衰えてゆくだけだ。耳は遠くなるし、書斎と居間を往復するのもやっとで、不便この上ない。昨年、帯状疱疹で二か月ほど寝ついてからは、書きたいという気力も湧かなくなった。日がな一日、ぼーっと庭を眺めていることも多い。棺桶に半分足を突っ込んだようなものなのだろう。

百年生きて最後、絞りきったダシ殻ではありますが、お読みいただだければ幸いです。

二〇二三年九月

佐藤愛子

思い出の屑籠　目次

扉写真　父・佐藤紅緑と母・シナ、姉・早苗と著者（手前左）
西畑の自宅庭にて

思い出の屑籠

モダンガールが来たァ

わたしは食卓伝いにヨチヨチ歩いている。

火鉢がある。

火鉢は六角に角張っていて、金属で出来ていて、それぞれの面に絵が彫ってある。わたしはその一つに指をつけていう。

「コッコ、ウィ……」

「そうかい、そうかい、これはコッコかい。かしこいねえ、アイちゃんは……」

　お父ちゃんはいつだってわたしを「かしこい」というのだ。わたしはコッコの隣を指さして、

「ワンワンゥィ……」

　するとお父ちゃんは「そうかい、そうかい、ワンワンかい」を始める。なにをいっても「かしこいねえ」だから、そういわれるのが格別にうれしいとは思わなかった。雨の音を聞き流しているのと同じだった。

「コッコ」は「鳳凰」で、「ワンワン」は「虎」だった。それを指さしては「コッコウィー」「ワンワンウィー」といっていた。「ウィ

ー」は何なのかわからない。憶えた言葉には必ず語尾に「ウィー」をつけていた。

これがわたしの、人生の、一番最初の記憶だ。あまりに遠い記憶だからか、全体の情景は妙に薄暗い。

わたしは伝い歩きをしては、コッコウィ、ワンワンゥィといっていた。ひとりでいつまでもくり返していた。

二歳くらいだったたか。まだ二歳になっていなかったのか。そんな時分のことをホントに憶えてるもんかねえ、という人は多いけれど、本当なんだからしょうがない。

いつも見ているのでヨレヨレになっている雑誌が食卓の上にある。頁を繰ると「凸山さんと凹べえさん」が出てくる。わたしは凸山さんを指していう。

「これ、お父ちゃん」

それから凹べえさんを指して、

「お母ちゃん」

という。

凸山さんは男だ。丸《まる》ッ禿《ぱげ》でメガネをかけている。男だから「お父ちゃん」なのだ。凹べえさんは髪を七三に分けているので、女だ。だから「お母ちゃん」だった。

漫画を見る時はわたしは食卓に手をついて立っている。そうでなければばあやの膝に腰かけていた。座卓は大きくて高くて真四角だった。真四角の床の間の前の一面はお父ちゃんの坐るところで、横綱が坐るような紫の大きな座布団が置いてある。その隣がお母ちゃんの居場所でお父ちゃんとお母ちゃんの間の卓の角のところには火鉢があった。姉ちゃんの席の後ろは一間《けん》幅の縁側を越してお庭が開けていた。

わたしは小さいのでコブのようにお母ちゃんにくっついて並んでいた。残るひとつは弥《ワタル》兄ちゃんの居場所だったが、ご飯の時に兄ちゃんがそこに坐っているのを見た記憶はあまりない。

ご飯を食べながらわたしがだんだんお母ちゃんに寄りかかっていくといって、わたしはよく叱られた。

「エイ、もう、この子は……暑くるしいなあ！」

とお母ちゃんはいうのだった。それでわたしは姉ちゃんと並ぶことになった。

「正座しているから脚が痛いんだよ。きちんと坐らなくていい。脚を前へ出しなさい」

わたしがお母ちゃんに叱られると、お父ちゃんはいつも横からとりなしてくれた。

「こんな小さな時から正座なんかすることはないんだ。日本の女はだからみな脚が曲がってる」

お母ちゃんは返事をしない。

お父ちゃんには、お父ちゃんだけの特別のおかずがついていた。鮎の塩焼きとか、白身の刺身とかだ。お父ちゃんはその皿をわたしの方に押しやっていう。

「アイちゃん、お食べ」

わたしはそれがイヤだった。その時、お母ちゃんはムッとする。わたしは食べていいのか悪いのかわからない。お父ちゃんは姉ちゃんには食べろといわない。姉ちゃんは知らん顔をしている。鮎の塩焼きなんて、わたしは別に食べたいと思わないけど、いらん、食べたくないといってしまっていいのだろうか？　わたしはお箸を握ったままうつむいて、泣きそうになる。
お父ちゃんはわたしが末ッ子だから、特別に可愛がってもいいと思っているようだった。末ッ子はまだ小さい。だから「特別」でいいのだ。漠然とそう思うことにした。そして姉ちゃんもそう思えばいいと思うのだった。

お父ちゃんにされることでいやなことは沢山あった。その中でも一番いやなことは「牛《うし》モウ」と「カエロ（蛙）」だった。「牛モウ」はお父ちゃんの髭面が近づいてきて、わたしの頬っぺたで髭がチクチクし、それからお父ちゃんの口から吸いこんだ息が「ヴゥー」と吹きつけられる。西洋ならキスに相当する愛撫のようで、それは長くつづく。長いのが「牛モウ」で「カエロ」は「プッ、プッ」とキレギレに吹く。わたしは、

「おヒゲ、イタイ」

といって逃げようともがいた。

わたしはベタベタされるのがキライだった。

かしこいとか可愛らしいとか、むやみに褒められるのもキライだった。

天気さえよければ、わたしは姉ちゃんにくっついて表の道で遊んだ。表へ出ると誰かがいた。大将は姉ちゃんだった。手マリつき、石ケリ、縄トビ、何でも姉ちゃんは一番だった。わたしは何をしても下手だった。一人前にあつかってもらえず、姉ちゃんのコブとしてのあつかいだった。

いつものようにそんなふうにして遊んでいた時、見たこともないキレイな女の人がやって来て、いきなりわたしたちに話しかけた。

「こちらが佐藤紅緑先生のお宅ざますか？」

みんな、びっくりして返事が出来なかった。

「ざますか」なんて、そんな言葉は初めて聞いた。なぜか姉ちゃんはいなかった。みんなポカーンとしてその人を見ていた。搗《つ》きたてのお餅のような白いツルツルした丸顔に、真っ赤に塗った唇がぼってりと厚かった。髪の毛の先がクルンとゼンマイみたいに丸く巻いて頬っぺたに乗っかっている。後ろはどうなっていたかしらん。そこまでは見なかったからわからない。

ワンピースを着てた。青豆みたいなまっ青なワンピースやった。踵《かかと》がむやみに細くて高い靴を履いていた。

わたしらはみんな、何もいえずに見ていた。女のおとなが洋服を着ている。生まれて初めて見る格好だった。子供は洋服を着るけれど、女のおとなが洋服を着るなんて本や漫画で見ただけだ。

その時いきなりわたしの横にいたリョウちゃんがダーッと走り出した。リョウちゃんは高等小学校を卒業したばかりで、ママ母とそりが合わず、お父ちゃんが知り合いから頼まれて一時預かっていた女の子だ。

リョウちゃんが勝手口から家の中に駆け込んで行き、大声で叫ぶのが聞こえた。

「えらいこっちゃ、えらいこっちゃ、モダンガールが来たァ」

モダンガールという言葉をわたしは知っていたのかどうか、はっきりしないのだけれど、なんとなくわかったんだと思う。子供心になんだかとても面白く感じた。まさしくユーモアというものを体感したといえる。「生まれて初めて」といっていいだろう。いきなり「奥」へ走ったのは、この面白さを自分ひとりの胸にしまっておくことが出来なくなったからだ。

この家は「鰻の寝床」だとお母ちゃんが口癖のようにいやがってる間どりで、「奥」は帯のようにつづいていく廊下や、幾つもの部屋を通り越した最終地点ともいうべきところにある十畳の大座敷で、そこが家族が集う居間ということになっている。お庭はそこで初めて姿を現す。

お母ちゃんはいつもそこにいる。お父ちゃんは「お仕事」を終えると二階からそこへ降りてくる。降りてくる時間は決まっていない。

お母ちゃんはいつもそこにいる。いつ降りてくるかわからないお父ちゃんのために、いつもすぐお茶を淹《い》れられるように火鉢に鉄瓶をかけて、まるで置物のようにそこに坐っているのだった。

わたしは一刻も早く「奥」へ走って行って、お父ちゃんとお母ちゃんに「えらいこっちゃ」の話をしなければならなかった。わたしはリョウちゃんがしたように、廊下から走って行って襖を開けて飛び込み、「えらいこっちゃ、えらいこっちゃ」と叫んだ。

「モダンガールが来たァ」

お父ちゃんはわたしのたどたどしいおしゃべりを聞いて喜んだの喜ばないのって、ウワハハハ、ウワハハハとのけ反《ぞ》って大笑いした。

お父ちゃんはこういう話が大好きなのだ。

その後も時々、「アイちゃん、えらいこっちゃをやってくれよ」と注文されて、わたしははり切ってやったものだ。

そのたびにお父ちゃんは、はじめて聞いた話のようにワッハッハアと笑うのだった。

サンタクロースはいなかった

　朝、時間は決まっていないけれど階段で雷でも落ちたかと思えるような音が起こると、お父ちゃんが起きたしるしだった。ダッダッダーッと駆け降りて来るのが、バリッバリッと聞こえる。お母ちゃんはしかめ面をして「普通に降りられへんのかいな」と小声でいっている。台所は戦争のようになる。

「さあ、お目ざめやで」

お湯は沸いてるか、お椀は出てるか、早うぬくめて、とみよややい、はるやらがいち時《どき》に喚《わめ》き立てる。

お父ちゃんは洗面所へ突進し、ジャアジャアと水を出しっ放しにして歯を磨き、しぶきを飛ばして顔を洗い、お座敷へ来て床の間の前のお父ちゃん専用の大座布団の上にどっかとアグラをかいて、新聞をとり上げる。殆《ほとん》ど同時にはるやがおみおつけのお椀を持って現れる。

「お早うございます。今日もよいお天気で」とか、「あいにく降っておりおります」とひと言つけ加えて朝の挨拶をして、おみおつけのお椀を置く。

わたしたちは味噌汁のことを「おみおつけ」といったけれど、お父ちゃんは「おみ」を取って「おつけ」といった。おつけには野菜など具を入れてはいけない。おいしい赤だしを作って褒められようとしたみよやは、魚で味噌の神聖を穢《けが》したといって叱られた。おつけには魚肉は無論のことお芋なんて下賤のものを入れては味噌に対して失礼だという。

お芋がなぜ下賤なのか、生の葱に味噌をつけて食べるのは下賤ではないのか、とお母ちゃんは陰でよくいっていた。お父ちゃんは生葱のブツ切りにお味噌をつけたものを天下の美味といっていた。

お味噌は電車に乗らなければならない遠くの味噌屋まで書生の宮

富さんが買いに行く。そのくせお父ちゃんは、「どこそこのてんぷらでないと食えないとか、すしは何屋に限るなんていってる奴は半病人か低能だ」といっていた。

宮富さんは「先生の食べ物の好みは乱世の英雄の好みだよ、女子供にはわからん」といっていた。宮富さんはお父ちゃんの食べ残しは食べるけれども、姉ちゃんやわたしの残したものは食べなかった。

クリスマスが近づくと、お父ちゃんは姉ちゃんとわたしにサンタクロースのおじいさんに手紙を書いて、欲しいものをお願いしなさいといった。それでわたしは覚えたばかりの大きな仮名《かな》で書いた。

「サンタクロースのおじいさん、クリスマスのほしいものは、メリーちゃんのおふろです」

お父ちゃんはそれを見て、「メリーちゃんのおふろ？　何だい、それは」といった。わたしは『幼女の友』の口絵の中の、一番可愛らしい女の子の立ち姿を切り抜いて、厚紙で裏打ちした紙人形をメリーちゃんと名づけて大事にしていた。それは姉ちゃんが作ってくれた。メリーちゃん用の部屋はカステラの空箱で、これも姉ちゃんが作ってくれたボール紙のテーブルと椅子がある。台所はみよやに貰ったもう一つの空箱で、調理台と食器棚が揃っている。小さな包丁もある。木のお皿と木の小指の先ほどのリンゴも二つある。

オモチャのお風呂は三越のオモチャ売場の特別の陳列棚にあった。それをわたしは見て知っている。サンタクロースのおじいさんへの手紙に「三越のオモチャ売場へ行けば高い棚の上にあります」と書いた方がいいかどうか、わたしは迷った。姉ちゃんに相談すると「そこまでいうのは厚かましい」といわれたのでやめた。

お父ちゃんはその手紙を封筒に入れた。わたしはいわれるままに、封筒の上に、

「サンタクロースのおじいさんへ」

とていねいに書いた。

クリスマスの朝、目がさめるとすぐにわたしは枕もとを見た。大きくて浅い白い紙箱の中にリボンを掛けた小さいのや大きいのや中くらいの紙箱がつみ上げられている。

サンタクロースはほんまに来てくれたんや……と思うと、ひとりでに口もとがゆるんできた。眺めているうちに、幾つもの箱が入っている浅い大きな箱の、縁の折り返しのところに見たことのあるマークがあるのに気がついた。白地に紺色で「むさし屋」と書いてある。むさし屋は西宮の子供服専門の洋服屋だった。その箱はむさし屋の洋服が入っていた箱の蓋の方だ。それは風呂場につづく着替えの部屋の箪笥の上にいつも置いてあって、気に入らないことがあって畳に転がってふてくされている時に、泣き疲れた目で見上げると必ずそこにあった箱だ。

あッとわたしは思った。

サンタクロースなんて、おらへんのや！　お母ちゃんがプレゼントを買うて来て、並べるのにこの蓋を使うたんや……。

その時、お父ちゃんが入って来た。

「ほう、ほう」

お父ちゃんは嬉しそうな声を出した。

「来てくれたんだね、サンタクロースのおじいさんは」

わたしは布団の上に坐ったまま、何もいわなかった。

「アイちゃんの手紙を見てくれたんだね。メリーちゃんのお風呂は入ってるのかな」

お父ちゃんはひとりで喜んでいる。わたしが黙っているので、

「さあ、サンタのおじいさんにお礼をいおうね」

といった。わたしは困った。

「サンタクロースのおじいさんはどこにいるのん？」

とりあえずいった。お父ちゃんは答えずにわたしを抱き上げて窓のところへ行って、ガラス障子を開けた。

「おじいさんはあの背の高い樹の枝に腰かけてるよ。こっちを見てるよ。ニコニコしてる。さあ、お礼をおいい……」

仕方なくわたしはいった。

「サンタクロースのおじいさん……ありがとう……」

「それでいい。それでいい」

お父ちゃんは上機嫌だった。

「なんて賢い子だろうって、おじいさんは感心しているよ」

そしてお父ちゃんはわたしを腕から下ろし、わッはッはァとひとりで大笑いしながら部屋を出て行った。

プレゼントにはオモチャのお風呂はなかった。お母ちゃんと一緒に三越へ行った時、わたしがアレがほしいとお風呂を指さしたら、

お母ちゃんから、

「なんです。あんな高いもん！」

と一蹴されたことをわたしは忘れていた。

サンタクロースはお母ちゃんだったのだから、プレゼントに入ってないのは当然だった。

ばあやの鼻

わたしはばあやが大好きだった。お母ちゃんよりも誰よりも好きだった。ばあやの膝にまたがると、自然に手が伸びて着物の襟の合わせ目に入る。そこには丁度いいあんばいの、あたたかい懐かしいお乳が垂れている。それを摑んで引き出すと、グナグナとやわらかく何ともいえない手ざわりの、やさしい乳房がずるずると出てくる。それを頰ばるともうお乳の汁は出なくなっているけれど、口の中いっぱいにグナグナの乳房がひろがって、それが口の中にあるだけでわたしはうっとりする。ばあやはいやがらずにされるがままになっている。そんなもんがおいしいのん？　と訊いて笑っている。

お母ちゃんのお乳はこんもりしてるだけで固くてつまらない。お乳を掴もうとするだけで、ああもう、うるさいなあ、と怒られる。ばあやは何をしても怒らない。ゴムを引っぱるみたいに引っぱっても、なぶっても嚙んでも怒らない。

退屈するとわたしはいう。

「ばあや、『アメリカ』ていうてごらん」

ばあやはいう。

「ア・メ・ジ・カ」

「ちがう！　アメジカやない。アーメーリーカ……いうてごらん」

「ア・メ・ジ・カ」

「ちがうちがう。ちがうというたろ……」

わたしは苛立ってばあやを叩く。

それでもばあやはどこ吹く風で歌った。

「ジャンケン　ホカホカ　ホッカイロー
アイコデ　アメジカ　ヨードッパ……」

姉ちゃんを産んだ時からお母ちゃんのお乳は出なかった。姉ちゃんは牛乳を飲ませると吐いたり下したりする。山羊のお乳も駄目だったので乳母が必要になったが、やっと見つけた乳母の乳質となかなか合わずに姉ちゃんは痩せ細り、家中で苦労した。

そのためわたしが生まれることがわかってからは、早いうちから乳母の手配をしたそうで、その甲斐あって見つかったのがばあやである。乳母の経験があって、いつもニコニコしていて「子育て地蔵」という人もいたくらいだったという。

わたしはばあやの名前は「すえ」ということだけは知っていたが、それ以外のことは何も知らなかったことに、今、気がついた。苗字も年も知らない。知らなくても困ることは何もなかった。お乳の質がよくて、子供好きであれば身の上なんかどうでもよかったのだろう。結婚もしていないのに、どうして授乳できるのか？　お父ちゃんもお母ちゃんもそんなことに関心を持たなかったのか。それとも知っているけれど知らない顔をしていたのか？　だとしたら、いうのも簡単ではないようなよくよくの苦労にまみれた身の上だったのかもしれない。

お母ちゃんはわたしの顔を眺めては、

「お父ちゃんもわたしも鼻は高いのに、なんでこの子の鼻はこんなに低いんやろう」

とよくいった。「ばあやのお乳、飲んだからやろか？」とつけ加え、「ああいう鼻のことを帝劇鼻というのやわ」といった。劇場には必ず花道があるのに、帝国劇場には花道がない。それで鼻ペチャのことを帝劇バナというのや、と教えてくれた。後にわたしは帝劇へ行った時に場内を見渡して「なるほど」と納得した。

お勝手の土間で、みよやの高下駄は朝早くからカタンカタンと忙しく鳴っていた。土間には隅っこに井戸があってみよやはポンプで大ガメに水を汲む。それに合わせて歌っていた。「おれは河原の枯れすすき」とか「宵やみ迫れば悩みは涯《はて》なし」とか。

みよやが歌うと、悲しい歌でもお勝手に活気が溢れた。
「草津よいとこ
一度はおいでェ」
みよやが高い調子で歌い出す。わたしはすかさず
「どっこいしょ」
と合いの手を入れる。調子よくみよやはつづける。
「お湯の中にも
コーリャ
花が咲くよォ」
「チョイナ　チョイナ」

とわたし。水はザアザアと元気よくカメに溢れ、みよやは気持ちを変えてしんみりと「愛してちょうだいネ」を歌い出す。

「一目見たとき

好きになったのよォ

なにがなんだか

わッからないのよォ

日暮れになると涙が出るのよォ

知らず知らずに泣けてくるのよォ」

そしてひときわ気持ちを籠めてしっとり歌う。

「ねェ

ねェ
アイしてちょうだいねェ
ねェ
ねェ
アイしてちょうだいねェ」
力強くジャアジャアと出る水の音とその歌は調和しないまま流れ去る。
　みよやはひどい反ッ歯だった。上の前歯は桃色の歯ぐきと一緒にニュウと前に突き出ていて見るからに堅固で無遠慮だ。上唇と下唇はどんなことがあっても永遠に相会うことはないと思われ、だから上の歯ぐきと歯は四六時中、空気に晒されて乾いているはずだった。

わたしはその歯に親指を当てて力イッパイ押し込もうとしたが、ビクともしなかった。

「みよやの歯、なんでこんなんなったん！」

思わず嘆くと、

「さあ……なんででっしゃろなあ」

と明るくいい、

「そないに心配してくれはるのんか。アイコ嬢ちゃんだけや」

とギュッとわたしを抱きしめた。

そしてみよやは歌った。

「ストトン　ストトンと通《かよ》わせて
今さらイヤとは胴慾《どうよく》な
イヤならイヤじゃと最初から
いえばストトンで通《かよ》やせぬ
ストトン　ストトン」

歌が好きなのはみよやだけではなかった。町中の人が歌が好きだった。といって今のようにカラオケ店やカラオケ大会があるわけではなかった。みんながてんで勝手、好きな時に好きなように歌っていた。自転車で走っている商店の若い人、普請場でカンナをかけている大工さん、昼間の銭湯で義太夫を唸《うな》るおじいさん。学校帰りの小学生たちは一人が歌うとたちまち合唱になった。

「ユービン屋

走りんか

もうつい　もうつい

十二時や

十二時過ぎたら

罰金や」

郵便屋さんはいつもスタスタ、真っ直ぐ前を見て歩いている。膨らんだ黒い鞄を肩から斜交《はすか》いにかけて、見向きもせずに歩いて行く。

その真面目そのものといった歩きようを見ると子供らはからかいたくなるのだろう。からかう時、子供らは必ず節をつけて歌にするのだった。

わたしの家ではみよやの次に姉ちゃんが歌うのが好きだった。朝、目が覚めると、起きたよの合図としてまず歌う。

「起きよと人に
いわれぬ先に
とくとく起きいよ
ハネ起きよ」

それはお母ちゃんに教わった「起床の歌」だ。お母ちゃんは子供の頃、この歌を歌って起きた。お母ちゃんは九人兄妹の真ん中で、この歌は九人兄妹のみんなも歌っていたらしい。明治十年か二十年頃の歌だ。

「西尾家の伝統の歌やね」

と姉ちゃんはいった。西尾というのはお母ちゃんが生まれた家の名前である。

お母ちゃんは何もしない人だった。

朝起きてから寝るまで奥座敷の決まった場所に坐っていた。立ち上がる時はお便所へ行く時くらいで、台所にいるところも見たことがない。お父ちゃんのお客さんが来ても挨拶に出たことがない。よそのお母さんのようにエプロンをかけている姿も見たことがない。

「女優さんやったのになあ」

とみよやとはるやはふしぎがっていた。退屈ではないのかと訊く人がいても、

「退屈って……別に」

というだけだった。

「先生があんまり束縛しはるさかいや」

はるやの結論はいつも決まっていた。

お母ちゃんが出かけるのは大阪の三越か高島屋へ買物に行く時だ

けだった。たまに大阪にいるお駒さんという古いお友達の家へ遊びに行くことがあるが、その時は大変だった。出かけて一時間も経つか経たないうちにもう、お父ちゃんの

「何時に帰るんだ」

が始まる。甲子園から大阪まで阪神電車は一時間かかる。お駒さんの家は難波にあるので、大阪の梅田駅に着いてから、市電でどれくらいかかるのか、十分や二十分で行ける所でないことはわかっている。

はるやは何度もその説明をさせられる。お父ちゃんは二階へ上がったり降りて来たりを繰り返すうちに日が暮れて、だんだん機嫌が

悪くなる。

「子供のことは心配しないのか！　オレは仕事ができんじゃないか！」

と怒り出す。

「電報を打て」という。電報の文面は「スグカエレ　アイコガナイテル」というものだ。お駒さんの家の番地がわからないので、それを探すのにはるやは手間どっていて怒られる。やっとわかって、宮富さんが電報局へ自転車で走る。わたしはばあやにしがみついて嵐に耐えている。だが姉ちゃんは平気でピアノを弾いていた。

そうしてお母ちゃんが帰ってくると、お父ちゃんは穏やかに「お

かえり」といい、

「お駒さんは元気だったかい」

何ごともなかったようにいうのだった。

「はあ、元気でした」

とだけいって、着替えの部屋へ向かう後ろから
「ご亭主はおさまったのかね。女道楽の方」

とお父ちゃんは追う。お母ちゃんは返事をしない。ついて行ったわたしを見て冷然といった。

「アイちゃん、あんた、お母ちゃんいつ帰るというて泣いたって？

それほんま？」

わたしは返事に困り、とりあえず、

「知らん」

といった。

嘘について

ある日、玄関が騒がしかった。

行ってみると、敷台の前で痩せてひょろひょろした男が大声を出していた。

「居留守使ってることくらいわかってるんだ！」

応対しているのははるやだった。

「どうお思いになろうとご勝手ですけど、お留守なことは事実なんですから、ほかにいいようがございませんのです」

はるやはしっかり者や、宮富さんよりよっぽど役に立つ、とお母ちゃんはいつもいっている。

けど、お父ちゃんは「奥」にいるのだ。わたしははるやがしれっとした顔で嘘をいうのにびっくりした。嘘つきは泥棒の始まりやとお母ちゃんはいつもいっている。正直の頭《こうべ》に神宿る、といったこともある。以前、わたしはお便所に置いてある箱に落とし紙が山になっているのを見て、それをわし摑みにして、便器の穴の下の方に溜まっているものを目がけて、バッ！　と投げ込みたくなったことがあった。それで、ガッと摑んで、バッと投げた。そのうち、お母ちゃんが落とし紙が減っていることに気がついた。

「今朝入れたばっかりやのに、もうなくなってる。おかしいなあ」

と不思議がっている。それでわたしは、

「アイちゃんが捨てた」

と白状した。えーっ、なんでまたあんた……そんなアホなことをなんで、といったけれど、あんまりびっくりして言葉がつづかなかった。

なんで、といわれても、自分でもよくわからなかった。そうしたくなった、それだけだった。なんで、なんでとお母ちゃんはしつこく迫ってくる。紙を無駄にしたら死んでから地獄の鬼に紙の橋を渡らされる。紙が破れて落ちたら、下は血の池地獄や、といい出した。

わたしはびっくりし、怯《おび》えて、新聞を読んでいるお父ちゃんのところへ行って、お父ちゃん、地獄ってほんまにあるのん？　と訊いたら、お父ちゃんは言下に、

「そんなもの、ないさ」

といってくれたので少し安心した。けれども、お父ちゃんは新聞を読んでいたから、面倒くさくていい加減に答えたんやないやろか？　と思った。わたしは、

「ごめんなさい、もうしません。もうしやへん」

とお母ちゃんに謝った。

「謝れというてるのやない。なんでしたのかと訊いてるのやわ」とお母ちゃんはまだプリプリしていた。

お父ちゃんはいった。

「しかしアイちゃんは感心だよ。とにかく正直だ。人間は正直が一番だ。ごまかそうとしないですぐにいったものね、『アイちゃんがした』って。賢いよ。いい子だよ、この子は」

お母ちゃんの怒り顔は前よりもっと怖くなって、

「お父さんはいつもこうしてアイちゃんの味方をする」

といった。

その時になってわたしは急に悲しさがこみ上げて泣きたくなり、

シクシク泣きながら思っていた。おとなは嘘をついてもいいのか？正直が一番だといったお父ちゃんは、会いたくないお客さんが来た時に留守やと嘘ついているやないか。

わたしはお父ちゃんに失望して怒って泣いているのに、お父ちゃんは、もう泣かなくていい、大丈夫、地獄なんてありゃしないんだから、なんていっていた。

別の日、わたしは姉ちゃんに、嘘ついたことあるかと訊いてみた。姉ちゃんはこともなげに、

「あるよ、そんなもん。なんぼでもある。嘘つかへん人間なんておらへんわ」

といった。

「けど嘘ついたら死んでからエンマさまに舌抜かれるよ」

というと姉ちゃんは、

「誰がいうたか知らんけど、それがそもそも嘘なんや」

といった。


お父ちゃんの嘘を見抜いたお客さんは、社会主義者だとはるやはいった。

社会主義者は働かずに、有名人はお金があると勝手に決めて無心に行く手合のことをいうのだ、とはるやは説明した。中にはちゃんとした人もいてはるのやろうけど、そういう人は少ない。

白樺派の作家有島武郎さんなんか北海道の大地主やから小作が納める年貢だけでも山のように来るんやから、あの連中のええ鴨になってはるそうや。聖人君子といわれてるお方やから、行けば必ずナンボかくれはるらしい、なんぼ金持ちでもなかなかできんことやわ、とはるやは何でもよく知っている。

わたしは姉ちゃんに「うちはお金持ちなん？」と訊いてみた。

「金持ちなんかやないよ。金持ちやったら、わたしらかてやき芋買う時、五銭がとこ買うか八銭のにするか、いちいち考えたりせえへんよ」

と姉ちゃんはいった。姉ちゃんはお小遣いとしてお母ちゃんから毎月五十銭もらっている。わたしは一文ももらっていない。お金を持っていても、使い方がわからないやろうと勝手に決められていた。

玄関の社会主義者は驚くほどおしゃべりやった。しゃべればしゃべるほど調子が高うなっていく。佐藤紅緑も情けない男だな。女中に嘘をつかせて自分は奥に隠れてる……。といっているのが台所まで聞こえていた。

するといきなり奥からお父ちゃんが出て来た。まだ玄関に姿を現さないうちから、

「なんだ、貴様は！」

と怒鳴りながら、出て来た。

「さっきから何だ、若い女に向かって文句をつけて、留守だといっているのになぜさっさと帰らん！」

留守だというていながら、本人がノコノコ出て来たりしてええのんか？　わたしがそう思った時、社会主義者も同じことを考えたとみえて、

「留守だといいながら、こうして本人が出て来るのが佐藤流ですかな」

負けずにいい返した。お父ちゃんは打てば響くといった感じで、

「貴様のような奴を相手にするには嘘をつくのがふさわしいのだ！」

といい返す。社会主義者は急に力が抜けたのか、言葉がつづかなくなったようだった。間もなく気をとり直して、

「しかし先生、嘘はいかんですよ。常々正義を説いている佐藤紅緑先生が、女中に居留守を使わせて、情けないですよ。ぼくらのような人間が嫌いなら嫌いでいい。堂々と出て来てひとつ論戦を闘わそうとなぜしないんだ……」

「論戦？　笑わせるな！」

お父ちゃんが怒鳴ったのをきっかけにわたしは台所へ逃げた。

台所ではみよやが宮富さんはこんな時に限って家にいないといって怒っていた。あの男が門を入って来るのと丁度入れ違いに先生の用事で出かけるといって出て行ったのは怪しい。東京の雑誌に送る原稿は昨日、航空便で出しに行っていたから今日はもう外に出る用事はない筈《はず》や、門から入って来るあの男を窓から見て逃げたんや、とアタマから決めてかかっていた。

社会主義者という連中はなんでか、みな鳥打シャッポをかぶってるね、とリョウちゃんがいっていた。その男もゴミの色というほかないような鳥打帽子をかぶり、よれよれのレインコートのようなものを着て、痩せて青黒い顔をしていた。この前来た男もその前の人も、みなよく似ている。あれは社会主義者の制服やろか、とリョウちゃんはもの知りのはるやに質問していた。

宮富さんはあの連中のことを心の中では親しゅう思てるのにちがいない。宮富さんは前にこういっていた。彼らとてたとえ身には襤《ラン》褸《ル》をまとっていようとも、心は錦《にしき》に包まれているかもしれないよ、と。そしてランルというのはボロのことだよ、と説明し、襤褸とわざわざ紙に書いてみせた。

——何が彼らをそうさせているか、彼らとて喜んでしているわけじゃないんだ。やむを得ずやっている。志のためにやってる。

宮富さんはそういったとリョウちゃんがいうと、みよやは「志て何やねん。なにが志や」といった。

玄関へ覗きに行くと、鳥打シャッポは一人ポツンと敷台に腰かけていて、お父ちゃんはいなくなっていた。わたしが覗いたのに鳥打シャッポは気がついて、手招きしたのでわたしは逃げた。そこへお父ちゃんが戻って来た。手に白い小さな封筒を持っている。

「さあ、これを持って帰り給え」

お父ちゃんはそれを持った右手を鳥打シャッポにつき出した。シャッポはゼンマイ仕掛のブリキの人形のように飛び上がるように立ち上がって、お父ちゃんの右手を見て、

「いやあ、これは……どうも……いやどうも」

と高い声を出して両手をさし出して受け取った。すみませんな。こりゃどうも、とペコペコしながらゴミ色の鳥打帽子を取った。禿げ上がったおでこに赤い大きなおできが腫《は》れていた。

お父ちゃんの背中はもう廊下の奥に消えていた。わたしは「帰ったよォ」と台所に報らせた。はるやは塩の壺を持って来て、勢いよく塩を撒いた。

「嘘」をついたことについては、誰も（鳥打ちシャッポも）何とも思っていないらしい。

喜んで帰っていった鳥打シャッポが、なんだか可哀そうだった。

全生涯で一番の幸福

夏の暑さが耐え難くなってきた頃、みよやが妙な格好のものを着て台所にいた。それはアッパッパーというもので夏向きの簡易服である。だぶだぶ、ずんどうの布地に頭を出す穴と腕を出す穴が開いているだけで、膝から下、生白い太い脚がニュウと出ていた。おとなの女の生の脚をわたしは初めて見た。

アッパッパーが出てくるまでは、女のおとなは皆、きものを着てヨレヨレの帯をしめ、下働きのみよやは袖をタスキがけにして太い腕をむき出しにして、その格好でタライの前にしゃがんで洗濯物を洗濯板の上に引き上げてゴシゴシ洗っていた。四つん這いになって廊下に雑巾をかけていた。それが当たり前のこととして、女の務めの中に入っていた。

「これはほんまに涼しいわ。あんまり軽うて涼しいさかい、『あっ！』とびっくりして、『パッパラパー』と踊り出しとうなるもんで、アッパッパーというんや。これ考えた人はエライ」

みよやははるややリョウちゃんやばあやにもアッパッパーを勧めていたけれど、誰も相手にしていなかった。

きものの場合は腰巻をし、半襦袢を着、ヨレヨレながらも帯をしめなければならなかった。アッパッパーは汗とり襦袢なんか着る必要はない。必要なのは腰巻だけである。おとな用の下穿きはまだ作られていなかった。アッパッパーの下はスッポンポンや、とみよやは自慢そうにいった。それでは頼りないので、腰巻だけは放せなかったのだろう。きもの用の腰巻であるから丈が長い。いつもはるやに「出てまっせ、お腰」と注意されていた。

アッパッパーは日本女性が数百年縛られてきた因襲を蹴飛ばして、羞恥心を捨てて自由を目ざして立ち上がった壮挙である、と宮富さんはみよやを眺めては真面目にいっていた。

台所と書生部屋は隣り合っている。そこに書生なのか居候なのか区別のつかない男の人が何人もいた。人数ははっきりしない。勝手に増えたり減ったりしていた。お父ちゃんやお母ちゃんが知っている人よりも知らない人の方が多かったかもしれない。

書生部屋からは「不景気」という言葉がよく聞こえてきた。朝から晩まで何もせんとグダグダしてからに、将棋さしたり昼寝したり、大飯喰《くら》って口から出任せの歌、歌《うと》うてからに、何が不景気や、お天《てん》道《と》さんに申しわけないと思わんのかいな、とみよやは聞こえよがしにいっていたが、あまり何べんもいうので誰の耳にも止まらないようだった。古株の大橋さんは、「ああ暑いなあ、こういう日はスズキの洗いでイッペイやりてえな」とどこ吹く風でいい返していた。

「なにがスズキの洗いや。オコゼの丸干しみたいな顔してからに」

とみよやも必ずいい返していた。

書生部屋の中でお父ちゃんから「正式の書生」と認められているのは宮富さん一人だった。「正式の」とはお父ちゃんが面接して給料を払っている書生のことだ。度の強いメガネをかけて、痩せて顔色が冴えなかった。髪が薄かったので姉ちゃんは「毛ショボショボの宮富さん」と呼んでいた。宮富さんが大声で笑う声をわたしは聞いたことがなかった。

ポタリ
土の上に
小さな音が転がり落ちた
ハテナ？　何の音？
ポタリ
また聞こえる
雨戸を開けてよくよく見れば
ハッハッハッ
椿のはーな

宮富さんはそんな詩を書いて書生部屋の壁に貼って、マンドリンで勝手な節《ふし》をつけて歌っていた。

曇天の海港に
焦点を置く彼女

という詩だか何だかわからないことを紙に書いていつまでも眺めていたこともある。

「それだけ？」

とみよやが質問すると、

「わからんかね。それだけさ」

といった。彼女とは誰のことかとはるやが訊くと、「椿の花」だと答えた。うちの庭には塀に沿って椿が白いの赤いの、まだらなのが並んでいた。庭を掃きながらそれ見て感じることがあったんやねえ、詩人やなあ、とはるやは感心していた。

ある日、ふと、宮富さんはいなくなった。荷物はあらかたなくなっていたけれど、残っている物もあったのでそのうち帰って来るやろといっているうちに、北陸の海で死んでいたことがわかった。みよやは、

「可哀そうに。ゼッポウしたんやなあ」

としみじみした声を出した。「ゼッポウ」とは何かとわたしは訊いたが、みよやはすぐには答えず、

「アイコ嬢ちゃんにはわからんやろねえ」

といい、それから、

「いや、一生わからんやろねえ。わからんのがよろしい」

といった。

わたしが「ゼッポウ」についてお母ちゃんに質問すると、お母ちゃんは「ゼッポウやない。ゼツボウというのです」と教えてくれた。それで「ゼツボウ」とはどういうことかと重ねて訊いたら、そんなこと知らんでよろしい、と怒ったようにいった。お母ちゃんは答え

に詰まるときまって「子供は知らんでよろしい」という声が怒り声になる。

それでゼツボウとは子供が知ってはいけない、何やらむつかしいというよりもおとなの秘めごとのような、暗い、いやらしい影を伴ってわたしの胸に棲みついたのだった。

一日が暮れていく時、並んでいる家並みの門灯が一斉に灯る。音もなく、パッパッパッパッと灯っていく。曇天は曇天なりに、夕焼けは夕焼けなりに日の暮れは寂しかった。

わたしの家から集落の真中を南北に貫いている大通りへ出る角は、

巡査のいない交番だった。「交番」と人は呼んでいるけど、巡査の姿は見たことがなかった。もとは白かったであろうペンキが残っているその四角い箱のような建物は、わたしの知っている限りもう何年も閉め切られたままだった。それでも交番だった印の赤い丸い軒《けん》灯《とう》は、電灯がつかないままに埃にまみれてぼんやり、夕焼けに染まっている。

交番の後ろには何という名の樹か、集落のどこからでも目に入るように高い大空に向かってすっくと立っていて、(ムク鳥だとみよやがいっている) 小さな鳥が、夕暮れになると、パーッと一斉に飛び立って、あっという間に暮れ空に吸い込まれていなくなってしまう。その鳥たちの囀《さえず》りの大合唱が湧き起こって、いっとき、集落はけたたましい啼き声に蔽《おお》われるのだが、それも束の間のことで、静けさが戻ると同時に鳥影のなくなった夕空が寂しく広がっている。

集落の外に広がっている原っぱまで遊びに行けたのは、姉ちゃんと一緒だからだった。

「アイちゃん、走ろ！」

姉ちゃんの一言で、姉ちゃんとわたしは「交番の樹」を目ざして走り出す。

姉ちゃんが走ればわたしも走る。

歩けばわたしも歩く。

「おなかペコペコ」

と姉ちゃんは大声で叫びながら走っている。わたしも真似して、

「おなか、ペコペコ！」

と叫ぶ。

家に辿りつくと、姉ちゃんは勝手口のガラス障子を勢いよく開けて、

「ただいまァ」

「奥」に聞こえるように大声でいう。わたしも同じように、

「ただいまァ」

と声をはり上げる。

「お帰り」

「お帰り」

とみよややリョウちゃんやらが口々にいう。みんなタスキがけをして晩ご飯の支度をしている。ばあやが出て来て、

「おうおう、お帰り。よう遊んで来はりましたな。お腹空いてますやろ。さあ、お手々洗《あろ》うて、足も洗うて」

いつも同じことをいう。

「おかずなに？」

と姉ちゃん。今夜は寄せ鍋ですねん、とみよやがいう。

「またお鍋！」

郵　便　は　が　き

料金受取人払郵便

銀座局
承　認
2772

差出有効期間
2025年10月
31日まで

（切手不要）

100-8788

304

（受取人）
東京都千代田区大手町1-7-1
読売新聞ビル 19階

中央公論新社　販売部
『思い出の屑籠』
愛読者係 行

フリガナ
お名前またはペンネーム

男・女　年齢　　歳

◆ お住まいの地域

（都・道・府・県）

◆ ご職業
1.学生　2.会社員　3.会社経営　4.公務員
5.自営業　6.主婦・主夫　7.パート・アルバイト
8.フリーター　9.その他（　　　　　）

弊社出版物をお買い上げいただき、ありがとうございました。
本ハガキで取得させていただいたお客様の個人情報は、編集宣伝以外には使用いたしません

愛読者カード

作品名『思い出の屑籠』

◆ この本に興味をもったきっかけをお選びください。（複数可）

1. 書店で見て
2. 佐藤愛子さんの作品だから
3. 新聞広告（紙名：　　　　　　）
4. 新聞・雑誌の書評
5. テレビ番組での紹介
6. ネット書店で見て
7. ネット書店のレビュー
8. 書評サイトの評価
9. 友人・知人に勧められて
10. SNS で見て
11. その他（　　　　　　）

◆ どこで購入されましたか。

1. 書店　（　　　　　　）
2. ネット書店（　　　　　　）
3. その他（　　　　　　）

◆ 普段、本を選ぶ際に参考にしている新聞、雑誌、番組、web サイトなどがありましたら教えてください。

◆『思い出の屑籠』の感想をお書き下さい。

【弊社広告物への使用の可否をお教えください】
記入した個人情報以外の内容を、広告等、書籍のPR に使用することを
許可（する／しない）　アンケートにご協力ありがとうございました。

姉ちゃんは叫ぶ。お母ちゃんは献立を考えるのが面倒くさいと、きまって鍋モノにするのだ。

わたしは真似して、

「またお鍋！」

という。

「タマゴ入れてね、煮ヌキのタマゴ」

いいながら姉ちゃんは廊下を奥へ走って行く。

「アイちゃんもタマゴね。煮ヌキのタマゴ」

わたしは姉ちゃんの後から走る。

お母ちゃんはいつも家にいる。朝も昼間も夜もお座敷に坐ってい
る。外出どころか家の中も歩かなくなった。

姉ちゃんはお母ちゃんを「西畑の三デブ」の一人に入れた。お正月には毎年、書生や女中さんも入れて一家全員の写真を撮った。お母ちゃんは出来上がって来た写真を見ると、改めて自分の太り具合を認識するのだった。写真を台紙から剝がして細々《こなごな》に破いてしまう。その頃のお母ちゃんの写真は一枚もない。一緒に町を歩いていて、向こうから来る太り加減の人を見ると、必ずいった。

「あの人とお母ちゃんと、どっちが太ってる？」

姉ちゃんはよく見較べもせずに、

「お母ちゃん！」

と答える。お母ちゃんは一瞬ぐっと詰まるが、気を取り直して、

「いやらッしょ、この子は」

と怒った。「いやらッしょ」はお母ちゃんがいい返しが出来ない時にいう一言だった。

お母ちゃんはお化粧もせず髪も「じゃんじゃら鬼」なのに、太っているかいないかだけを気にするのがおかしい、とわたしはいつも思っていた。


夜の八時は寝なければならない時間だ。

八時やよ、とお母ちゃんにいわれて、姉ちゃんと一緒に子供部屋に行く。その前に階段の下へ行って、二階に向かって、

「お父ちゃーん、お休みなさーい」

といわなければならなかった。初めの頃は姉ちゃんもいっていたが、そのうちいつか姉ちゃんはいわずにさっさと寝るようになったので、わたしは一人で精いっぱい声をはり上げた。

「お父ちゃーん、おやすみなさーい」

「おう」

太い声が落ちてくる。それだけでわたしは満足して寝床へ向かう。お客さんがいてもかまわなかった。お客さんとしゃべりながらお父

ちゃんは、

「おう」

と返事する。

お父ちゃんの「おう」はわたしの幸福の源泉だった。幸福という言葉は知らなかったけれど、満ち足りた平穏というか、大きな力に守られている安心感のようなものがわたしを包むのだった。

九十九歳になった今もあの「おう」は耳に蘇る。

「おう」と答える時のお父ちゃんも、幼い、か弱い大切なものを守って海原を行く大舟であることの自信に満ちた幸福を味わっていたに違いない。幼いながらにわたしはそれを感じていた。

わたしの全生涯での一番の幸福の時だったのだ。今しみじみと思う。

なんでこうすぐに涙が出るのか！

わたしの家は松林の土手のま下にあった。土手に上るとわたしの家の庭は一目で見渡せる。お父ちゃんが書きものをしている二階の座敷は、土手の高さと同じくらいだった。

家は当時には珍しい三階建だった。三階といっても、鉄筋コンクリートなどはない時代だから、二階は一階よりも小さく、三階は二階よりも更に小さかった。

わたしは三階建の家が自慢だった。みよやも、ばあやも三階建は自慢のようだった。家のありかを人に教える時、

「すぐにわかりますわ。三階建の家やから」

と必ずいっていた。

三階からは海が見えるねん、とわたしはよくいった。ほんま？　海が？　……波も見える？　海はどんな色？

「青い」

とわたしはいった。絵本の海を思い浮かべていた。三階から海が見えるのかどうか、本当はわからない。危ないから上がってはいけないと、お母ちゃんやばあやからいわれていた。三階へ上がる階段

は、書きもの机に向かっているお父ちゃんの背中にあって、三階の門番のようだった。階段は襖で仕切られていて、そこに階段があるとは長い間、わたしにはわからなかった。

家は松林の土手に沿って、縦に細長かった。土手の松に遮られて、お日さまの光が届くのはひる前のいっ時、お庭に向いているお座敷とその隣に並ぶ子供部屋だけだった。お庭の幅は狭かったが、奥行きは深く、裏の道へ出る木戸のありかは見えなかった。木戸の手前に二間つづきの離れがあった。そこにワタル兄ちゃんがいた。お座敷のお父ちゃんが坐っている場所からは植込みを通して離れが見えた。お父ちゃんは離れに目をやっては、

「ワタルはまだ寝てるのか！」

と怒った。ワタル兄ちゃんは中学生だったが、学校が嫌いだった。いや、学校は嫌いではないのだが、そのために早起きをすることが出来ないようだった。

「ワタルッ……起きろッ」

お父ちゃんは座敷の縁側に立って、木の間隠れに見える離れに向かって叫ぶ。何度も叫ぶけれども雨戸はビクともしない。お父ちゃんの怒号は離れとは反対側にある台所まで響きわたるので、朝ご飯の支度に忙しい台所がシーンとなって誰もが息を詰めている感じだった。

お母ちゃんはその時、どこで何をしていたのか、思い出せない。そこにお母ちゃんがいなかったのは、前もってどこか別の部屋に隠れていたのかもしれない。

「なさぬ仲やさかいになあ。むつかしいわなあ」

と台所でよくはるややみよやがいっていた。

「なさぬ仲」ということは、ワタル兄ちゃんはお母ちゃんが産んだ子供やないということだった。わたしには兄ちゃんが四人いる。けれどもこの家に一緒に住んでいるのは、ワタル兄ちゃんだけだった。八郎兄ちゃんは東京にいる、その次の節《タカシ》兄ちゃんはどこにいるのかわたしは知らない。時々ふらっと現れるが、いつの間にかいなくなっている。節兄ちゃんの次がワタル兄ちゃんで、最後にヒサシという兄ちゃんが東京にいるということだったが、その程度のことしかわたしは知らなかった。兄ちゃんたちはわたしの成長と一緒に暮らしていた人ではなかったのだ。気がついたら時々いた。そして気がついたら消えている。その間、何をしているのか、わたしは知らなかった。

お座敷の座卓の上に朝から夜まで同じ場所に手紙の束が動かずに置いてあるのにわたしは何度も気がついていた。一日中、手紙はそこにある。お父ちゃんもお母ちゃんも、まるで見えないもののように無視していた。けれどもいつまでもそうしておくわけにはいかないと思うらしくて、夜、しぶしぶお母ちゃんは手紙を手に取る。封を切って読む。「読む」というより、斜《はす》かいに視線を走らせる。黙ってお父ちゃんの前に置く。お父ちゃんは手に取ろうともしない。

「送ってやれ。金だろう？　どうせ」

と吐き出すようにいう。

手紙は節兄ちゃんが支払いを踏み倒した料理屋や洋服屋や酒場なんかのツケであることは小さいわたしにもわかっている。

「佐藤紅緑の息子」といえば世間では「不良」のバロメーターになっていた。

「紅緑の息子よりひどい不良か？」

「あれよりはマシやが……うーん、どうやろう？　むつかしいな、この判定は」

などと。

わたしは五歳になったので、幼稚園へ行かなければならなくなった。

わたしは知らない子供や先生のいる中には入れない。わたしがイヤだといえばお父ちゃんは「イヤなのを無理に行かせる必要はない」といってくれたが、お母ちゃんはどうしても行かせようとした。少しは外の世界に馴《な》れておく必要があるという。するとお父ちゃんはわたしの味方をするのをやめた。

幼稚園にはテルオちゃんがいる。テルオちゃんはヤンチャで有名だった。西畑集落の大通りには、塀はなくていきなり細かい格子が壁代わりになっていて、その端っこに小さなくぐりがついているだけの同じ格好の小さな家が隙間もなく並んでいたが、テルオちゃんはその家々の屋根から屋根へと飛んでは走り廻るのが上手だった。一度、飛びそこなって、天窓のガラスを踏み抜いて落ちて来たことがあったが、それでもむっくり起きて、走って帰ったという話は有名だった。

いやでもわたしは幼稚園へ行かされた。ばあやはビスケットを半紙に包んでテルオちゃんに渡し、「うちのアイちゃんと仲ようしてちょうだいや」といった。お父ちゃんはわたしがテルオちゃんに虐《いじ》められていないか、監視をしに時々幼稚園の土手に立ちに来た。

それがわたしは羞《はず》かしくてたまらない。といって、見張りに来るのはやめてくれと頼むのも羞かしかった。わたしは羞かしいと思うとすぐに涙がこぼれるのだった。

「なに泣いてんの」といわれると、涙はますます出てくる。姉ちゃんは「この子はじきに泣くのやわ」と、いいわけのようにいうのだった。

「大きなお目々やねえ」

といわれただけで涙がこぼれた。

姉ちゃんと神戸の市電に乗っていた時、向かい側の座席に西洋人の男の人が二人いた。気がつくと二人はわたしを見ている。わたしが見返すと、一人が微笑んで話しかけてきた。

「かわいいおジョーちゃん。お目々がすてき。パッチリ……」

そういって、もう一人の西洋人と声をたてて笑った。途端にわたしはうつむいた。うつむくと座席からぶらんと垂れている自分の足が見えた。白いレースの折り返しがついているソックスを穿いていた。どうしていいかわからず、身体をかがめてソックスのレースを伸ばした。すると西洋人がいった。

「ああ、可愛いクツシタね、とてもカワイイ」

たまらずわたしは立ち上がり、「わーッ」と泣いた。西洋人は揃って「オウ、オウ」と朗らかな笑い声を上げ、何やらいったが、何をいったのかわたしにはわからない。わたしは泣いていた。

家へ帰るまで姉ちゃんはプリプリしていた。

「可愛らしいていってくれたんが、なんで泣かんならん。電車の中の人、みな見てるんやもん。羞かしいいうたらなかった」

家へ帰るなりそういわれたが、その時は泣かなかった。うつむいてじっと我慢していた。

姉ちゃんに怒られても羞かしくはない。だから泣かない。

お遊戯会

五歳になったので、幼稚園へ行かなければ、とお母ちゃんがいい出した。わたしが泣き顔になったのを見て、お父ちゃんは無理に行かせることはない、といってくれたが、お母ちゃんはこのままでは小学校へ行けなくなる、としつこくいい張った。わたしはばあやとみよやとはるやとリョウちゃんと、姉ちゃんとお隣のチエちゃんとマキちゃんとくらいしか、話をしたり遊んだりが出来ない。特に男の子がキライだった。男の子に怯えるようではどもならんがな、小学校へ行ったら半分以上は男の子やから、とお母ちゃんはいった。

「なにせ、内弁慶の外スボミやからねえ」


幼稚園は義務教育ではないから、毎日決まった時間に行かなければならないということはない。遊びに行くつもりで、来る気になった時に来ればよろしい、と玉井先生もいってくれて、とりあえずばあやとリョウちゃんがついて行くことになったのである。

だから入園式には行っていない。

ある日、ばあやに連れられて、キャラメルを買いがてら普段着のまま幼稚園の前を通りかかって、ちょっと寄ってみましょか、とばあやにいわれてついて行った。

その時、みんなは玉井先生の弾くオルガンに合わせて歌っていた。

「赤いくつ
はーいてた
おんなの子ォ」

と、悲しい寂しいメロディをみんなで元気よく歌っていた。

「異人さんにつれられて
行っちゃったア」

それが一番で、二番はこれから教わるらしかった。みよ先生とい

う若い色白のきれいな先生が、きれいな声で、

「横浜の　はとばから

船にのォーって」

と一人で歌ってみせ、そのあとをみんながガヤガヤつづけ、

「異人さんにつれられて

行っちゃったァ」

のところは一番と同じ歌詞だから、急に大声になって元気いっぱいに歌っている。

みよ先生は調子に乗って、

「今ごろは　青い目に

なーっちゃって
異人さんのお国にいるんだろう」
と澄んだ声に情感をこめて歌いつづける。

それは初めて聞く歌だった。みよやと一緒に歌った「ストトンストトンと通わせて　今さらイヤとは胴慾な」という浮き立つような歌とは違う、しんみりした、寂しいような悲しいような、何ともいえないいい歌だった。みるみるわたしの目に涙が湧いてくる。涙を引っ込ませようとしてパチパチとまたたきをするけれど、またたきくらいではどうにもならない分量の涙が次々に湧いてくるのをどうすることも出来ない。手で拭くと目立つから、うつむいて動かないでいる。もうこれ以上歌うのはやめてほしい……。そう思っているのにみよ先生は、

「赤いくつ　みーるたび
考える
異人さんに　あうたび
考える……」

と四番まで歌う。玉井先生はオルガンから立って来て、わたしの頭をやさしく撫でた。

わたしはおとなが嫌いになった。玉井先生はお母ちゃんにしゃべったらしい。愛子ちゃんは歌を聞いてるだけで涙がこぼれるんですよ。そんな子供さんは初めてです。特別の感受性をお持ちなんですね、といったそうだ。お母ちゃんはすぐにお父ちゃんにいう。それを姉ちゃんが聞いていて、

「あんた、赤い靴はいてた女の子の歌、聞いただけで泣いたんやて?」

そういっては、

「赤いくつ　はーいてたァ」

と歌って、わたしの目を覗き込む。わたしは姉ちゃんを叩く。姉

ちゃんは逃げながら歌う。今ごろはァ青い目にィなーっちゃってェ……姉ちゃんは逃げ、わたしは追いかけ、お母ちゃんはうるさいなあ、もう、と怒った。

ぐずぐずいいながらもわたしは幼稚園に馴れた。男の子たちは「お尻めくり」を流行《はや》らせていた。

「おーしりめくり　はーやった！」

と叫びながら女の子の洋服の裾をめくり上げて逃げる。女の子の中には、パンツを穿いていない子がいたりしたのだ。

秋、幼稚園ではお遊戯会が開かれることになった。お遊戯会では合唱やら合同お遊戯のほかに、独唱やら三人ダンスやら一人ダンスがあった。一番の呼び物は玉井先生の創作劇だった。アイちゃんは何をやるんだい、とお父ちゃんは訊いたが、わたしは答えられなかった。わたしは玉井先生のオルガンのそばにかたまって劇の主題歌を合唱するだけだった。

お父ちゃんは土手で玉井先生とたまたま出会った時に、お遊戯会ではうちのアイ子は何をやるんですかな、と訊ねた。玉井先生は少し困った顔になってモジモジして「とりあえずはまだはっきり決まったというわけではないのですが」、といっただけだったが、その後で、劇の中に出てくる樽の役に決まった。

劇は「ニコニコウサギ」という題だ。身体が弱くて痩せてしまった子兎は、丈夫になるために山の伯母さんの家へ行くことになり、その結果、丸々と太ってお母さんのところへ帰って来ることになった。しかし帰りの山道には狼がいて子兎を食べようと狙っている。

そこで伯母さんは考えて、子兎は樽の中に入って、山を転がりながら降りることになった。樽は四人の女の子で手をつないで輪を作る。その中に子兎が入って皆でゴロゴロゴロゴロといいながら歩くのである。わたしはその樽の一人だった。

四人で子兎役の伊藤さっちゃんを中に入れて、

「ゴロゴロゴロ」

といいながら歩く。子兎は無事にお母さんの家に帰りつき、みんなで歌った。

「大きくなった　大きくなった

ニコニコウサギ

可愛らしゅうてお利口で

からだも大きく　なりました」

見物席から拍手が起こり、一人だけいつまでも長く拍手の音がつづいていた。

「ばあやや」

とわたしは思った。思わず唇がニィと笑っていた。

丁度同じ頃、姉ちゃんは学芸会で独唱することになった。それを聞いてお母ちゃんは、「先生は歌の上手下手よりも度胸のある子を選ばはったんやね」といった。

姉ちゃんが歌う歌は子狐が町の油屋へ油を買いに行く歌だった。

「コーンコーン　子ギツネ
アブラ買い
急ぎの野道は　お寺うら
町のアブラ屋　つきあたり
木の葉で　アブラを　買いました」

姉ちゃんは学校から帰るなり、すぐにコーンコーンと歌い始めた。歌う時は講堂の演台に立った時のように深いお辞儀をしてから始める。一番が終わると、軽く咳払いをしてから二番に入った。

「帰りの野道は
六日月
さやさやすすきに　風が吹く
コーンコーン　子ギツネ　寒そうに
アブラァをなめなめ　ハックショイ！」

「上手上手」「ほんまに上手やねぇ」と女中たちは感心してみせた。声がノビノビよう伸びてキモチがええわねえ、とはるやはいい、みよやは、三浦環《たまき》みたいになりはるかも、といった。姉ちゃんは最後の「ハックショイ」のところを、声を大きくするか、小さくするか、どうしようか？　と考えていた。

歌い始めの「コーンコーン」のところでは、顔を右へ傾けて、はすかいの宙に目をやり、つづく「子ギツネ」のところで顔を反対の左側に向け、「アブラ買い」で顔を正面に戻す。姉ちゃんはお座敷の床の間を講堂のステージ代わりにして、その前にはるややみよややリョウちゃんらが正座して聞いていた。

姉ちゃんが学芸会で独唱するからといって、お母ちゃんか誰かがわざわざ聞きに行くということはなかった。それが普通のことだった。誰も来てくれへんのはうちだけや、と悲しく思うこともわたしたちにはなかった。

　それでも姉ちゃんはよそ行きの服を着て、新しい靴を履いて、散髪したての頭で、

「行ってまいりまァす」

と元気にいって出かけて行き、夕方、上機嫌で走って帰って来た。

「うまいこと歌えたよ！　拍手カッサイやった」

と一人で満足していた。わたしなら新調の洋服を着ることさえ羞《はず》かしいのに、姉ちゃんはそれが気に入っていた。わたしは散髪したての頭で幼稚園へ行くことさえ羞かしくてたまらないのに。

イロハのハッチャン

やっと幼稚園に馴れたと思ったら、小学校へ行かなければならなかった。幼稚園へ行くのをわたしがいやがって泣いた時、お父ちゃんは「そんなにいやなら無理に行かせなくていい」といってくれた。それなのに今度は何もいってくれなかった。お母ちゃんは「なんぼいややと思うても、人間にはどうしてもせんならんことがありますのや」とよそ行きのいい方でいった。

「おとなになるということはそういうことなんやよ。それをいやがってたら、いつまでも子供のまんま、小さいまんまでおらんならんのです」

学校の何がいやなのか、わけをいいなさいといわれた。改めていわれてもすぐには答えられない。イヤなものは「イヤ！」なのだ。

仕方なく、

「毎朝、校長先生と道で会うのんが……怖い」

というとお母ちゃんは、

「校長先生の何が怖い！……」

と急に怖い顔になった。

「校長先生かて同じ人間やがな。うちのお父ちゃんもばあやも焼芋屋のおっさんも植木屋の作《さく》やんも、みな同じ人間ですがな」

同じ人間？　そんなことないやろ、とわたしはいいたかったけれど、うまくいえないので泣くしかなかった。

その後、どうして学校へ行く気になったのか、そのあたりの記憶は抜け落ちている。思い出そうとしても、色褪せた古い写真を見るような、ぼんやりと輪郭の定まらない木造の校舎が、小暗くて陰気な、まるで人ッ子一人いない廃屋《はいおく》のように薄墨色に佇んでいるのが浮かんでくるだけで、教室の情景は何も見えてこない。顔を覚えている同級生も先生もいない。姿も声もない。

登校する時は五年生の姉ちゃんと一緒だけれど、校門をくぐると姉ちゃんはあっという間にいなくなっている。一年生の下駄箱のところまでついて来てほしいのだが、姉ちゃんはドッジボールの選手なのか、ただ好きだからか、急にいなくなる。

わたしの教室は一階だけれど、姉ちゃんの教室は総二階の校舎のどこにあるのかわたしは知らない。わたしの教室にはまだ誰も来ていない。姉ちゃんの都合に合わせると、わたしは早く来過ぎるのだった。一人で登校出来ればこんな思いをしなくてもすむことはわかっているけれど、わたしは姉ちゃんと一緒でなければ行けないのだ。

初めのうちは何度かばあやがついて来てくれていたが、

「あの人、あんたのお母ちゃん？」

と訊く女の子がいてわたしは困った。

ばあやはおばあさんの着るような暗い色のパッとしないきものに、灰色の前掛けを掛けていた。それより何よりばあやはチビで鼻ペチャだった。

「違う。お母ちゃんやない」

とっさに強く否定していた。そしてそれっきり黙った。

とたんに涙が膨れ上がった。膨れ上がった涙の中に、教室の窓から誰もいない校庭を帰って行くばあやの小さく丸い後ろ姿が見えていた。

「誰なん？」

と女の子は訊いた。わたしは堅く口を結んで涙を怺《こら》えた。それから、

「知らん――」

といった。

そしてわたしはわァーっと力いっぱい泣きたくなった。ばあやは何も知らずに校門を出て行く。ばあやはむさくるしく、一所懸命に歩くカニみたいだった。わたしは大声で泣いて、転げて、そのへんにあるものを摑んで投げ散らしたかった。けれどもそこは学校だった。家ではなかった。泣いて暴れるわたしを抱き止めて、なだめて

くれるばあやはいなかった。

小学校は我慢しなければならない場所だった。先生の目にはわたしは我慢強い子供に見えていたかもしれない。大声で泣きわめく同級生は珍しくなかった。おしっこをしたい、といえなくて、いきなり泣き出した女の子もいる。学校のお便所は校舎から離れた所にあって、ジメジメして暗く、いつもどこかでチロチロと寂しそうに水の流れる音がしていた。女便所には薄っぺらな木の戸がついていて、ドアノブで開閉するのではなく、手摺りのしたの横桟《よこさん》を右へ動かしたり左へ戻したりするのだ。便所の中はいつも汚れていて、糞尿が溜まっている便壺が迫っていた。そこで用を足していると、「赤い紙やろか、白い紙やろか」と声がするけれど、返事をしてはいけない。ふざけて「赤い紙」と答えた子供がいきなり便壺から出て来た手に引きずり込まれたという話を、姉ちゃんは真面目な顔でいった。

朝早く姉ちゃんにせき立てられて家を出るわたしは学校へ着くなり尿意を催す。誰もいない暗い便所でわたしは立ちすくむ。周りを見まわして、人の気配がないのを見定めて、わたしは男の子たちがする立小便のところにしゃがんで、大急ぎで放尿し、後始末もせずにパンツを引き上げながら走って出た。

学校は「社会」だった。初めて社会に出て、初めて働かせた知恵がそれだった。

「社会」には耐え難いことが幾つもあった。その一番が中村という男の子がいることだった。中村の目はいつも赤くジトジトと濡れていた。目尻が垂れているので、いつも薄笑いしているようで、その細い垂れ目の半笑いが気がつくとわたしをジーッと見つめている。とても子供とは思えないようないやらしい目つきだった。

授業が始まるまでの休み時間、わたしは自分の席から動けずに、いつも前を向いて腰かけたままでいる。そのわたしを中村のいやらしい目は、「どこから虐《いじ》めてやろうか」と楽しんでいるように見つめている。いやらしく見つめているだけでわるさは何もしない。虐めもしない。そうして見ているだけで、どんなにわたしがいやな思いをしているかを知っていて、わざと目を逸らさないでいるようだった。

わたしは姉ちゃんに中村のいやらしさを訴えたけれど、姉ちゃんは、「そんなもん、知らん顔してたらええねん」というだけだった。「そんな怪《け》ったいな子、ほんまにいるんかいな」と、わたしが大袈裟にいっているように疑ったりした。ばあやは「愛子嬢ちゃんが可《か》愛《い》らしいから見てるのや、そう思《おも》といたらよろしがな」というだけだった。

だがそのうち、新築していた校舎が建ち上がって、二年生になる前にわたしたちは引越しをした。今度のお便所は決まった時間に自動的に水が流れ出る仕掛けになっていて、いつも便壺はきれいだった。わたしの教室は二階で東南に窓が開いていて明るかった。校庭は広く、菜の花畑が続いていた。気がつくと中村はいなくなっていた。なぜいないのか、わからぬままにわたしは中村のことを忘れた。

教室でのわたしの席の前にはイロハのハッチャンがいた。ハッチャンはイロハという肉屋の子供だった。わたしの家ではイロハで肉を買っている。

イロハの肉は固い、とお父ちゃんはビフテキを食べるたびにいっていた。おいしいとかおいしくないをいったことはない。固いかそうでないかで肉の値打ちが決まるようだった。

それでも西畑集落に肉屋は一軒しかなかったから、イロハは繁《はん》昌《じょう》していた。なんぼ繁昌してもあの子沢山じゃどうにもならんねえ、とみよやはよくいっていた。ハッチャンは初太郎と名づけられたのだから、多分長男なのだろうが、痩せて小さいので、長男には見えなかった。弟に喧嘩の強いのがいて、それが長男だと思われることが多かったそうだ。

ハッチャンのお父さんは丸坊主の大男だった。「イロハのおっさん」というと、サルマタひとつの上はすっ裸、相撲とりのように出っぱったお腹がつき出していた。

ハッチャンはよく、男の子らからからからかわれていた。

「イロハのハッチャン
ハッたろか！」

ハルというのは「叩く」という大阪の方言だ。

店が忙しいためか、弟や妹がウジャウジャいるせいか、ハッチャンはお弁当を持って来なかった。お昼のベルが鳴ると、学校前のパン屋へ走って行って、食パンに苺ジャムを塗ったものを一枚、食べながら教室に帰って来た。一度も欠かさずに買いに行くものだから、パン屋のおばさんはいつもおまけとしてアメ玉を一個くれた。アメ玉は丸くて赤い。口に入れると一個で口の中がいっぱいになってしまうほどの大きさだ。まわりにザラメがついている。ハッチャンは右の頬っぺたをアメ玉で膨らませたり、左へ移動させたりしていつまでも楽しんでいた。

ある時、何を思ったか、前の席からクルリとふり向いて、わたしにアメ玉をさし出した。

「これ、食うか?」

「わたしに?」

といって手を出すと、

「食えよ、うまいぞ」

といった。わたしは受け取って口に入れた。口の中がいっぱいになる大きさだった。ハッチャンがいつもしているように、右から左へと移動させると、笑うまいとしてもニマーと笑えてきた。

「うまいか？」

わたしはコックリ頷いて、また笑う。学校で食べる甘いものは、家で食べるのとは違って格別だった。

二年生になってもわたしには友達がいなかった。ハッチャンに友達がいたのかどうかわからない。わたしたちはアメ玉を貰ったからといって、急に友達になったわけではなかった。

そしてばあやはいなくなった

針仕事をしているはるやのそばに寝転んでうつらうつらしている
といきなり、
「それで？　どないになったん」
という声が聞こえた。はるやの声だった。みよやの声がいった。
「いきなりパチーンと……ほっぺた叩いたんやわ……見たらばあや
さんがやられとったんよ」

「なんやて？　叩かれたんは」

「ばあやさんや……」

お三時《やつ》のお煎餅を、台所のみんなでパリパリやっていた。聞くともなしに聞いていると、ばあやが八百屋のいく安《やす》のおばはんにホッペタを叩かれたのだった。おばはんはいきなり勝手口から入って来た。そして、

「ばあやさんいるか？」

といった。ばあやが「何ですか？」と顔を出すと、ものもいわず、いきなり力任せにホッペを叩いた。

わたしは誰かが掛けてくれた毛布の下で足を縮め、蓑虫になった

ような気持ちやった。夢を見ているようだった。

いく安はこの集落のたった一軒の八百屋で、毎日、山のように大根やらカボチャやらを積んだ車を引っぱってやって来る。

「アイ子嬢ちゃん、あんたは夏でもホッペタにアカギレ切らしとるな。泣いてもばあやの背中にいるさかい、誰も拭いてくれへんからやろ。このホッペタ、リンゴやったら売りモンにならんわな」

とよくいった。

甲子園から阪神電車の急行に乗って一駅行くと西宮がある。駅を出て間もなくの市場を通り抜けると「おかめ」といううどん屋があった。そこの二階でばあやといく安のおっさんがアイビキしてるらしい、とリョウちゃんがどこかで聞いて来た。「アイビキ」とはどういうことなのかわたしにはわからなかったが、おっさんと一緒に、「おかめ」のうどんを食べたことはよく覚えている。

ばあやはうどんのことを「うろん」といった。それでわたしも「うろん」というようになった。「きつねうどん」をばあやは「けつねうろん」といった。

「おかめ」へ行くと、まっすぐに二階へ上がった。そしてわたしはばあやの背中から下ろされ、汚い座布団の上に寝かされる。いく安のおっさんが一緒のこともあったが、おっさんが先に来ていることも、入口で会ったこともある。「おかめ」でわたしは必ず昼寝をし

た。ばあやのおっぱいをまさぐったり、吸ったりしてると必ず眠ってしまうのだった。おっさんは、

「アイちゃんはエエ子やなあ。よう寝てくれる」

といって優しく撫でてくれたこともある。わたしが目を覚ますと、ばあやはわたしをおんぶして、「さあ去《い》ぬか」といった。

「寝る子は賢い」

とおっさんはよくいった。するとばあやはコロコロと笑った。

「おかめ」を出るといつの間にかおっさんはいなくなっている。

いくら待ってもおっさんが来ない時、わたしとばあやは「おかめ」を出て「活動小屋」へ行った。ばあやはチャンバラ嫌いで、西

洋のメリーさんが出てくるのが好きやった。

「今日も今日とてメリーさんは、公園のベンチに腰うちかけて、うららかな春の陽ざしを楽しんでおりますと、そこへやって参りました一人の紳士。

『やあ、メリーさん、ご機嫌よう』」

といって立ち止まる。

その後は思い出せない。思い出せるのは「今日も今日とて」という活動弁士ののどを詰めたような無理ないきみ声だけだ。

「東山三十六峯《ぼう》、月は山の端《は》、斜にかかって京の町は静かに寝鎮まる頃、折しも響く剣劇《けんげき》のヒビキ……」

チャカ　チャカ　チャン　チャン
チャカ　チャン　チャン
と囃《はや》しが入る。
今、覚えているのはその二つの情景説明だけだ。わたしはお父ちゃんとお母ちゃんの前で、声を詰めて活弁の真似をした。お父ちゃんはひどく感心して、
「いったいどこでこんな台詞を覚えてくるのかねえ。この子の記憶力はたいしたもんだね、俺に似てるんだな。一回聞いただけで覚えてしまうんだから、たいしたものだ」
と褒めちぎったが、お母ちゃんは鼻先を反らすような感じで笑う

だけだった。

お母ちゃんは時々、

「ばあやがおらんようになったら、アイちゃんどうする？」

と訊いた。それはわたしには不愉快な質問だったので、わたしはぶっきらぼうに、

「どうもしやへんよ」

といった。

「悲しいことないのん？　泣くのんと違う？」

としつこいので、わたしは、

「知らん！　その時になってみんと、そんなこと前からわからへんよ！」

　プリプリしていった。

「アイちゃんも小学校へ上がったんやから、もうばあやがおらんかてええのとちがうか？」

　ということもあった。わたしは、お母ちゃんがこんなことばっかりいうようになったんは、ばあやがやめるからかもしれへんな、と一人こっそり胸が潰れた。

「逢うは別れのはじめというからねえ」

　とお母ちゃんは、不気味に執拗なのだった。

　そしてある日、わたしの予感は当たった。わたしが学校から帰って来ると、台所が妙に静かでみよやもはるやもリョウちゃんも、それから二、三日前に新しく働くようになった妙に愛想のいいおばさんも、一斉ににこにこして（いつもはこんなに「にこにこ」していない）、

「お帰りやす」

「お帰り」

「お帰り」

　といういい方がへんにわざとらしかった。ばあやの姿はなかった。

「お帰り」の声も聞こえなかった。奥へ行くとお母ちゃんが火のな

い六角火鉢を向いて座っていて、わたしを見上げて「お帰り」とい
ってから、さりげなく、
「ばあや、やめて行ったよ……ついさっき。帰って行った……」
といった。とっさにわたしは、
「ふーん」
といった。
「アイちゃんが帰って来るのを待ってたけど、そのうち、やっぱり
会わんと行きますわ。なまじい会《お》うては辛いから、というて……」
とお母ちゃんはいって、わたしの反応を見た。わたしはまた「ふ
ーん」といったのか、どうしたのか、何て答えたのか覚えていない。

「お嫁に行ったんやわ。またちょいちょい伺います、ていうてたよ。遠くへ行ってしまうんやないのやから」

わたしは「ふーん」といったような気もするけど、ハッキリしない。黙って通学服を脱いだ。ワンピースの裾を摑んで引き上げる。服の中にすっぽり包み込まれた頭をどうするか、いつ顔を出すか、どんな顔を作ろうか迷いながら息苦しくなって乱暴に頭を引き抜いた。

お父ちゃんは二階にいて、お母ちゃんを呼びつけたので、お母ちゃんは二階へ上がって行った。

「アイちゃんはどうしてる？」

多分、お父ちゃんはそうお母ちゃんに訊いたのだろう。そんなこと、わざわざ呼びつけなくても、自分で見に来たらええやないか。わたしはそう思った。

わたしは庭にいるカルを呼んだ。カルは呼ばれるといつも走ってくる。ばあやの次に好きなのはカルや、とわたしはカルにいった。カルの大きな舌がわたしの顔をなめる。カルを抱きしめ、わたしは泣くのを我慢した。

安モンはおいしい

ばあやのおムコさんはマッチ工場で働いている人だ、とみよやから聞いたのは、それから大分経ってからだった。それから少しして、ばあやはおムコさんと一緒に挨拶に来た。

「おムコさん？」

姉ちゃんはさもおかしそうにクスクス笑っていった。

「おムコさんて顔かいな」

それでもおムコさんは、鼻ペチャのばあやには上等のおムコさんだった。見ようによっては「男前」に見えることもあるような穏やかな細身の中年男で、自分のことを「おっちゃん」といい、ばあやのことを「ばあやさん」と呼んだ。

おっちゃんは出来上がったマッチを揃えて箱に詰める手作業をしてきたので、指と指の間に隙間が出来ていた。その隙間を利用して手品や曲芸をして見せてくれた。

お母ちゃんは「ええ人らしいなあ。優しい人らしいからばあやは幸せになるやろ」といっていた。お母ちゃんのいないところで、はるやは「優しい人やけど、工員以上には行かん人やね」といい、

「男は優しけりゃええというもんやないからなあ」といっていた。

はるやは休みの日に尼崎のばあやの家へ遊びに行き、帰って来ていった。

「ばあやさん、幸せそうやったけど、けどあんなことしてたらあかんとわたしは思うわ」

あんなこととはどんなことかというと、ばあやはおっちゃんに鯛《たい》のお刺身を食べさせているということだった。

「ええ、なんやて！　鯛てかいな！」

みよやはびっくりしていた。

「ここの先生にしてはるようなことをしてるのやわ、あの人は」

「鯛の刺身……」

とみよやはくり返し、

「おっちゃんの月給、なんぼ？」

「知るかいな、そんなこと」

はるやはプリプリしていた。

「うちの先生ほど稼ぎがないことだけは確かや」

あんなことしてたらあかん。先が思いやられる、とはるやはいい、
みよやはあの人は男に甘いんや、といっていた。


それから暫《しばら》くしておっちゃんのマッチ工場は潰れた。

「見てみい。いわんこっちゃない」

はるやはまたプリプリしていた。

「けど、マッチ工場の人みんなが鯛の刺身食べてたわけやないやろけどなあ……」

みよやが真面目にいっているのを、わたしは胸が潰れたまま聞いていた。

ばあやは以前のように訪ねて来なくなった。わたしはばあやに手紙を書いた。

「ばあや
どうしていますか。元気ですか。

おっちゃんと遊びに来て下さい。待っています。

ポテトとシナ栗、持ってきてね」

手紙を封筒に入れてから、ふと思いついて招き猫の貯金箱から一つだけ銀色に光っている五十銭玉を取り出し封筒に入れた。お母ちゃんがいつか、「ばあやはもう貧乏になったんやから、前みたいにポテトやらシナ栗やら、お土産持って来てね、なんて気安ういうたらいかんよ」といったことを思い出したのだ。ばあやはわたしがスイートポテトとシナ栗が大好きなことをよく知っていて、来る時は必ずそれを持って来る。それが、わたしとばあやとの約束ごとになっていた。遊びに来て帰る時、ばあやは必ず、

「また寄せてもらうさかいにね。それまで賢い子でいてちょうだいや」

といい、わたしはわたしで

「ポテトとシナグリネ」

と必ずいったものだ。

わたしは封をしかけた手紙に、

「このお金で買って来て下さい」

と書き添え、書生部屋へ行って三宅さんに「コレ、出しといてね」と頼んだ。

その翌日《あくるひ》、わたしはお母ちゃんに呼ばれた。三宅さんはわたしが頼んだ封筒に、何やら硬い物が入っていることに気がついて、お母ちゃんのところへ持って行った。

「愛子嬢ちゃんに頼まれたのですが、これ、お金やないかと思うんです……」

封を開けると五十銭玉が出て来た。お母ちゃんは静かにわたしを見ていった。

「お金はじかに手紙に入れたらいかんのよ。受け取った人は、罰金を取られるんやよ……」

わたしはムッとしてその五十銭玉を見つめていた。

「アイちゃん、あんたはばあやは貧乏になったから、もう前のようにポテトやらシナ栗やらお土産持って来てとかいうたらいかんよとお母ちゃんにいわれたもんやから……それでこのお金入れたん？」

「うん」

仕方なくわたしは頷いた。ごめんというべきかどうかがわからなかった。ただ羞《はず》かしかった。わたしはお母ちゃんが返してよこした五十銭玉を取って、そのへんに投げつけた。お母ちゃんはそれを拾って、自分の財布の中に入れてしまった。


何をするということもなく、門口《かどぐち》に立って表を見ていると、

「アイスクリン！……アイスクリン！……」

と切れと切れに呼びながら、アイスクリン屋のおっさんがゆっくりゆっくり自転車を漕いで行く。背中に赤く「アイスクリン」と書いた旗を立てている。

わたしはそのおっさんのアイスクリンが好きだった。わたしがそういうと姉ちゃんは、

「アイスクリームやない、アイスクリンが好きやねん。この子は」

と小バカにする。アイスクリームは卵と牛乳が沢山入っていて、黄色くてなめらかで、いい匂いがする。アイスクリンは卵が入っているのかいないのか、よくわからないが、色は白い。シャリシャリして、かき氷に近いような舌ざわりで、でも甘いことはしっかり甘

い。わたしはそのシャリシャリが気に入っていた。シャリシャリを舌の上に載せて、ゆっくりじーっと味わう。ゆっくりじんわり溶けて行くそのゆっくり加減が何ともいえず楽しい。アイスクリンは三角形のウエハースの容器に入っている。そこがアイスクリームとの違いだ。

アイスクリン屋のおっさんは杓子《シャモジ》に掬い取ったアイスクリンを三角のウエハースに入れるなりさっと斜《はす》かいに空を切るような仕草をする。すると、まっ白に輝く氷山のようなアイスクリンが目の前につき出される。

姉ちゃんが神戸の元町で食べさせてくれたアイスクリームや、お

母ちゃんと大阪の三越の食堂で食べたアイスクリームよりも、このアイスクリンの方がおいしいとわたしがいうと、姉ちゃんは、

「安モンが好きやねン、この子は」と軽蔑した。

みよやの作る「ライスカレー」はまっ黄色でサラサラのおつゆの中にジャガイモやニンジンがゴロゴロしていた。肉は固くて、いつまでシガシガ噛んでもなくならないので、最後は別のお皿に吐き出しておく。

姉ちゃんと行った元町のライスカレーは、コゲ茶色でテカテカ光ってサラサラではなくドロドロでとても辛かった。

「この辛さ、このドロドロがおいしいのや」

と姉ちゃんはいったが、わたしはみよやのライスカレーの方がおいしいと思う。そういうと姉ちゃんは、

「安モン好き！」

と鼻で笑った。みよやのは「ライスカレー」やけれど、元町の「本庄」のは「カレーライス」という。その違いがわかるか、と姉ちゃんは威張った。

秋が来ると「アイスクリンのおっさん」は「玄米パンのホーヤホヤ」になった。ガラスの四角いケースにタマゴ色が汚れたような、やわらかそうな玄米パンが重なっていて、ガラス箱の内側は蒸気で曇っていた。パンはばあやのくたびれたおっぱいみたいに、しっと

りとやわらかく、懐かしい。それを新聞の切端に包んで渡されると、ひとりでににっこりしてしまうあたたかさだった。

寒くなるとおっさんは、「九里よりうまい十三里」の焼芋屋になった。芋を焼くお窯を載せた車を引いて、ジャランジャランと鐘を鳴らしてやって来る。

「九里よりうまい十三里
やきいもォ　やきいも！

ホッカホカのやきいも！」

と眠たそうなダミ声が聞こえてくると、わたしは姉ちゃん、姉ちゃんと叫んで探した。わたしは一人でやきいもを買うことが羞かしくて出来なかったのだ。

ハナはんのハナ

　わたしの家のお庭は幅はそう広くないけれど、へんに縦に長かった。背の高いのやら低いのやら、いろんな樹木が立っていて、その奥の黒板塀《くろいたべい》に裏通りへ出るための小さな木戸がついていた。

　その木戸の近くに離れがあった。東京にいる八郎兄ちゃんや、どこに住んでいるのかよくわからないが時々やって来る節《タカシ》兄ちゃんや、書生部屋に入りきれない泊まりがけのお客さんが使っていたが、いつ頃からか、三番目の兄ちゃんである弥兄《ワタル》ちゃんが寝起きするようになっていた。弥兄ちゃんは尼崎中学の中学生だった。尼崎中学といえば「アマ中」と呼ばれて劣等生か不良の多い学校として有名だった。弥兄ちゃんは、以前はいなかったと思うのだけれど、いつ頃からか離れにいて、朝寝坊をするといってお父ちゃんがお庭の樹木越しにお座敷の縁側に仁王立ちになって、

「ワタル！　いつまで寝てるんだ、起きろ！」

と怒鳴るようになっていた。それまで弥兄ちゃんはどこにいたのかわたしは知らない。多分東京にいたのだろうとわたしは勝手に思い決めていた。そのうち離れにはもう一人兄ちゃんが増えていた。

久《ヒサシ》という名前だったが、キュウちゃんとかキュウ兵衛とか呼ばれていた。神戸の神港中学という、パッとせん中学や、とみよやたちがいっている中学の一年生だったらしい。「らしい」というのは、実際に中学の制服を着て制帽をかぶっている姿を見たことがなかったからだ。

弥兄ちゃんと久兄ちゃんはよく喧嘩をしていた。離れへ向かう長い廊下の外で物干竿をふり廻していた。お母ちゃんは出て行って、五十銭玉を一つずつ渡して仲直りさせていた。その喧嘩の理由は、前の晩、久兄ちゃんが布団の中でバナナを食べ、その皮を弥兄ちゃんの枕もとに置いたのが始まりだということだった。夜はお庭は真っ暗で喧嘩にならなかったので、朝になって改めてつづきを始めたのだった。お父ちゃんは寝坊をするといってはよく怒ったけれど、喧嘩については何もいわなかった。弥はダメだ、喧嘩に弱い、といっていた。

そんな時、お母ちゃんは何もいわずに坐っている。

「なさぬ仲やよってになあ」

とみよやはいっていた。

「辛いわなあ、奥さんも」

とシーシー声でいっていた。

離れのそばの木戸を開けると、道路を挟んで井上さんの家と向き合っている。井上のおばさんは引越して来た頃は土手の松林の裾を歩いてわたしの家の横へ出て、土蔵に沿って曲がると玄関があり、それと並んでいる勝手口から入って来ていたが、そのうち、木戸から入ってお庭の植込みをくぐってお座敷の前に出ることを覚えてからそうするようになった。植込みをくぐってせかせかと近づいて来る姿がお座敷から見える。わたしが広縁《ひろえん》のガラス戸の内側まで行って出迎えると、

「お父さん、いてはる?」

と声は出さず、口の形だけでわかるようにゆっくり時間をかけて

いう。

「おらへん」

というと、ほっとしたようにいそいそと飛び石を踏んで来る。わたしがガラス戸を開けると、顔をつき出して奥をすかし見るようにして、「こんにちは」といって上がって来る。

お母ちゃんは立って出迎えたことがなかった。坐ったまま、「おいでやす」といった。あまり歓迎するという声ではなかった。「どうぞ」という前におばさんはもう上がっている。勝手に部屋の隅に重ねてある座布団を取って来て、いつもの場所に坐る。そして決まって、

「先生《せんせ》、いてはると何やしらん、気ずつのうて」という。

わたしと姉ちゃんは井上のおばさんのことを「ハナはん」と呼んだ。ハナはんのハナは「花」ではない。「鼻」である。おばさんの鼻の穴はとても大きくて立派だった。穴が人一倍大きいということは鼻自体が大きいということになる。だが特別にそう感じないのは穴の大きさは特別に大きく黒々と開いているけれど、鼻そのものは肉厚というわけではなく、顔全体はキメ細かく上等の羽二重餅のようで、鼻もふっくらと上品に肉薄に出来ているからだった。

あの穴が上を向いているから大きさが目立つので、下を向いていればそれほど目立たないのだ。姉ちゃんはそう「研究発表」をした。

兵庫県も海に近い阪神沿線では雪が降ることは降っても積もるということは滅多にない。どんなに寒い冬でも火鉢だけで寒さを凌いでいる。炬燵《こたつ》もストーブもない家が殆どだった。井上のおばさんは特別の寒がりで、人の家へ来ても遠慮もせずに火鉢を蔽い隠すように身体を乗り出して寒がるのがいつものことだった。それを知っているお母ちゃんがどんどん炭をつぎ足していると、突然、激しく炭が弾けたことがあった。

パチッ！　パチ、パチッ！　と火花が飛んで、途端におばさんは飛び上がって騒ぎ出した。

「あついッ！　あつ、あつ！　あついッ……」

両手で顔中を撫で廻し、

「奥さん、奥さん、見とくなはれ。どこぞに炭のカケラ、ついてまへんか……」

と顔をつき出す。お母ちゃんはびっくりして一所懸命に顔を見たけれど何の異常もないので、

「なんも見当たりませんけど……」

といったが、おばさんはひとりでアツ、アツと叫ぶばかりで、そのうち顔を撫で廻している手が鼻のところでふと止まったと思ったら、

「あ、おました……ここに……」

お母ちゃんは滅多に大笑いしない人だったけれども、この時ばかりは、「あ、ありましたか……」と一言いうだけのことが、笑いに詰まっていいえなかったといって、また新しく思い出し笑いをしていた。おばさんはハンカチに載せた炭のカケラをしげしげと見て、

「なんでこんなもんが、飛んで入るんやろ……」

と不思議がっていたそうだ。

それ以来、わたしと姉ちゃんはおばさんのことを「ハナはん」と呼ぶようになった。お母ちゃんはそれに気がついて、ハナはんて誰のことかと訊いたので、「井上のおばさんのことや」と答えると、お母ちゃんは何もいわずに笑っていた。いつもならここで必ず怒ら

れるところなのに。

お母ちゃんのように家にばかりいて、いつも何かを深く考えているような人が、なぜ気がつかなかったのか、姉ちゃんは女学校の入学試験を受けなければならない時期が近づいているのに、何の勉強もしていなかった。毎日、学校から帰ると今までと変わらず、表へ遊びに出ていた。細かいことにむやみに気がつくはるやも、毎日来るハナはんも気がつかなかった。姉ちゃんは元気イッパイで朗らかだった。ドッジボールの校内大会で大活躍して六年二組を優勝させたりしていた。

どういうきっかけで気がついたのかわたしにはわからなかったが、姉ちゃんの同級生はそれぞれ受験の用意をしているのに、姉ちゃんは何も決めていなかった。受け持ちの石堂先生は明るいスポーツマンで人気があったが、先生は姉ちゃんのことをどう考えていたのか、わからないままだ。

姉ちゃんは当てずっぽうのように石堂先生の勧める女学校の入学試験を受けに行き、

「全部出来た！」

と元気よく帰って来た。お母ちゃんはそのうち入学許可の通知が届くものと安心していた。そしてだんだんと家の中がヘンに緊張してきた。ハナはんが一日に二回も三回も出入りし始めた。妙にハリ切って毎日、息を切らせていた。編入試験のある女学校を探したり、校長と昵懇《じっこん》だという人のところへカステラの大箱を持って行ったりしていたが、そうしてやっと編入試験を受けるところまで漕ぎつけても、結果は「無理」といわれて終わった。

それでも姉ちゃんは暢気《のんき》に、入学出来たお友達の所へ遊びに出ようとしたりするので、お母ちゃんはカンカンになった。

進学志望のお友達はみな、行く先が決まっていた。姉ちゃんだけがお母ちゃんとハナはんに連れられて、あちこちの「有力者」の所へお願いに行っていた。

「わたしがいけなかったんです」

とお母ちゃんはお父ちゃんに謝っていた。お父ちゃんは、

「女学校なんか行っても行かなくても同じだ」

といった。姉ちゃんを慰めずにお母ちゃんを慰めていた。

姉ちゃんはハナはんの尽力で追試験を受けさせてもらったミッションスクールで、作文を書かされた。

「春になって桜が咲き、そして散っていきます。お友達はみな、新しい女学校の制服を着ているのに、わたしは行く学校が決まらないので、六年生の時の服を着ています。……」

ハナはんはその作文を試験官のシスターから読まされたことをお

母ちゃんに報告した。

「やっぱり信仰のある人は優しい心を持ってはりますわ。読ましてもろて、わたしが泣いたら、シスターも涙こぼさはって」

だから入学させてくれることになるのかとわたしは期待したが、そうではなかった。失望してお母ちゃんを見たら、お母ちゃんは黙って何もいわず、その顔は石膏の彫像みたいに固まっていた。


やっと決まった姉ちゃんの女学校は、神戸の山のてっぺんに建ったばかりの新しく開校した学校だった。姉ちゃんが入れたのは創立したばかりだったので、定員に満たなかったからなのだろうということだった。

　お母ちゃんは高い山の上に毎日通うことを心配したが、姉ちゃんは、「そんなんへーチャラや」といってはり切っていた。お母ちゃんは珍しく、入学式へ出かけた。そして校長先生の式辞を聞いてひどく感服していた。当校は試験の点数で成績のよしあしを決めません。点数はそれほど大事な問題にはしない。大事なことは心身共に健全健康、すこやかな人間性を作ることである、というような内容だったので、「耳が洗われる」思いだった、と何度もお父ちゃんにも、井上のハナはんにも、はるやにまで話していた。そして最後は姉ちゃんに向かって、

「あんたらもう、ハナはんなんていうたらいけませんよ、わかってるやろね。早苗!」

と、急に怒り顔になった。

長男なのに名は八郎

秋、鳴尾《なるお》村の鎮守の神さまの祭礼の日、わたしは、お母ちゃんから十銭玉を五つもらったのを握りしめて裏の（ハナはんの右隣の）柴山ハーちゃんとお参りに行った。

楽しみは「二銭の洋食」を食べることと、参道に出ている露店で、ママゴトの道具を見ることだった。二銭の洋食はトロトロした小麦粉を鉄板の上に丸く引いて、真中に刻み葱と赤い干しエビを散らして焼いたもので、一銭の方は葱だけでエビはない。

「二銭のをちょうだい」という声がハーちゃんといい合わせたように揃った。わたしは嬉しかった。たいていの男の子は一銭の洋食で我慢して、残りの一銭は大事にとっている。

新聞紙で二つ折りにしたそれは、手の上に載せるとじんわりと熱い。拝殿の後ろへ廻って行ってそこにしゃがんで食べた。受け持ちの勝村先生から「お祭で立ち食いをしてはいけません」といわれていたからだ。足の下に落葉が重なってじっとり湿っている。誰も来ない。どこかで小鳥が啼きしきっている。一口食べて顔を見合わせ、ニマーと笑った。「ニッコリ」ではない。「ニマー」だった。笑うまいとしても嬉しくてひとりでに笑えてくるのが「ニマー」だ。

「おいしいね」

「おいしいね」

といい合った。

食べ終わるとそこから出て、参道沿いに店を広げている露店を見ながら歩いた。地ベタにムシロを敷いて、お皿やお釜を並べたオモチャ屋があった。簡素に竹で作った小さな寝台が目についた。姉ちゃんが作った紙人形を寝かせるのに丁度いい大きさだと思った。おっさんに値段を訊くと十七銭だった。二十銭渡すと、三銭のおつりをくれた。右手にお釣り銭、左手にむき出しの竹の寝台を持って歩いて行くと、参道を出たところに綿菓子屋が出ていた。

綿菓子！　それこそ夢のお菓子だった。年に一度、鎮守の八幡さまのお祭でしか見られない。お祭でなければ、三越へ行ってもどこへ行っても売っていない神さまのお菓子だ。長いお箸の先に何かをつけて、それをクルクル廻すとみるみるお箸の先についたものが膨らんでいき、見るからに軽そうな、ふわーっとした、いうにいえない薄綿のようなフワフワになっていった。それに赤いイチゴのたれをかけて出来上がりだ。その赤い綿の山に最初の一口をつける時、一年一度の幸福感にわたしの胸はドキドキする。この夢のお菓子はその場で食べてしまわないと、家まで持って帰っていては溶けて消えてしまうのである。
消えてしまう！
それこそ綿菓子が神さまのお菓子であるからだった。

家へ帰るとお座敷の縁側に射し込んでいる秋の日ざしの中に、八郎兄ちゃんがいた。兄ちゃんはわたしを見て、「よゥ」といった。
わたしは何といっていいのかわからないくらいびっくりしたり嬉しかったりして、モジモジした。わたしは、八郎兄ちゃんが好きだった。八郎兄ちゃんが来ると家の中がパーッと明るくなって、笑い声がいっぱいになるのだ。いつも怒っているお父ちゃんは怒らなくなるし、陰気に考え込んでいるお母ちゃんもはじめは仕方なさそうに笑っていても、そのうちいきなり元気よく噴き出したりするようになる。

八郎兄ちゃんは、いつもは東京に住んでいる。くみ子という奥さんと、ユリヤとハトコという女の子と、生まれて間なしのタダシという男の子がいるけれど、わたしと姉ちゃんは誰とも一度も会っていない。ユリヤはわたしより一つ年上なのに、わたしはユリヤの「叔母さん」になるのだそうだ。ユリヤが生まれたのは、八郎兄ちゃんが中学生の時だ。中学生の分際で子供を作るとは何ごとだ、勝手にしろとお父ちゃんは怒ったので、仕方なく学校へはユリヤをおんぶして行ったんだ。兄ちゃんとここにはここの家みたいにばあやはいないからね、と兄ちゃんは澄ましていった。嘘に決まってる。

「嘘や」といっても、

「学校へ行くにもおしめを持って行ったんだから、雨の日なんかたいへんだったよ。荷物が多くてさ」

と真面目くさっていっているかと思うと、いきなり、

「おそみ叔母さんって知ってるだろ。長崎にいる父さんの妹さ」

と話は飛ぶ。

「子供の時、父さんはトンビが空を舞っているのを見ているうちに、トンビはタクワンが好きだと聞いたことを思い出したんだよ。それ

でタクワンを漬物樽から盗んで来て、それをお尻の穴に突っ込んで四つん這いになってお尻を空に向けてさ。トンビが見つけてやって来たところをつかまえようと思って待ってたんだ」

けれどいくら待ってもトンビは来ない。そのうち飽きてきて、タクワンを肛門から引き抜いてそのヘンにおっぽり出して遊びに行っちゃった、と笑いもせずにいう。

「するとそこへおそみ叔母さんがハイハイをしてやって来た。そしてそのタクワンを掴んでご機嫌でしゃぶってたんだ。タクワンが好きなのはトンビじゃなくておそみ叔母さんだったんだよ」

わたしは顔をしかめて笑い出し、

「そして？　どうなったん？」

「それだけさ」

「病気になった？」

「何ともなかったんだろ。元気に長生きしてるからね」

そういって兄ちゃんは笑いもせずにどこかへ行ってしまう。


わたしの兄ちゃんは全部で四人いて、一番上が八郎兄ちゃんだった。佐藤家の長男だ。長男なのになんで八郎という名前なのかというと、おじいさんの八人目の孫なので八郎とつけたのだが、ある日、暇な人が数え直したら九番目だったことがわかった。けれどもう役場に届けてしまっていたので、面倒くさいから八郎のままにしたという。

「この話もクサイなあ。クサイからわたしは笑わへん」

と姉ちゃんはいったけれど、クサくても面白ければええやないかとわたしは思っていた。

はじめての敵意

気がつくと、書生か居候か、わけのわからない玄関脇の大部屋にいる男の人らの人数が減っていた。それはお父ちゃんとお母ちゃんが人減らしをしようと相談してそうしたことか、自然にそうなっていったのか、わたしは知らない。書生部屋にはいつも黒い詰襟を着たイガグリ頭のミヤケさんが一人いるだけだった。ミヤケさんは三宅と書くのか宮家と書くのか、お父ちゃんの書庫から本を持ち出しては売って、お小遣いにしているのがわかってクビになってからも、わたしは知らないままだった。

女中さんの数も減った。はるやは神戸の大きな散髪屋へお嫁に行った。追いかけるようにみよやもお嫁に行った。ひさやというみよやの妹が代わりに来たが、みよやの妹とは思えないくらい器量よしやけど、あの娘《コ》はイケズですなあ、顔に出てますがな、と井上のハナはんがよくいっていた。

ばあやは時々遊びに来た。必ずスイートポテトとシナ栗を持って来てくれた。わたしが大事に食べているポテトを、ひさやは「一口ちょうだい」といって、ガバッと食べた。そして「誰にもいうたらいかんよ」といった。ひさやはばあやの代わりにわたしの面倒を見てくれることになっていた。

寝る時、ひさやはわたしの寝床の横に寝転んでわたしが寝ている布団に足を突っこんで、絵本を読んだりお話をしてくれたりした。ひさやが好きなのは「安寿《あんじゅ》と厨子王《ずしおう》」のお話だったが、わたしはこの話が嫌いだった。ひさやはそれを知っていて、わざとするのだとわたしは思っていたが、やめてほしいとはいわなかった。わたしは悲しいお話が嫌いだった。お父ちゃんは「母をたずねて三千里」を読んでおもらい、といったけれど、わたしは題名を聞いただけでフルエるくらいイヤだった。

安寿と厨子王の姉弟が悪者にかどわかされて別々の舟に乗せられる。沖へ出ると二艘の舟はだんだん離れて行く。

「安寿やァーい」

「厨子王やァーい」

と二人は呼びかわす。その時、ひさやは悲しそうに声を絞るのだった。それを聞くと、いやもうその前あたりから、今に厨子王やァいが始まると思うと、眼の中が熱く潤んでくる。それだけではない。ひさやはわたしが泣くまいとして歯を喰いしばって我慢する様子を見るのを楽しみにしているのだ。わたしはそう思い、だから泣くまいと頑張るのだが、ひさやはその頑張りを打ち砕こうとして、これでもかこれでもかと声を慄《ふる》わせるのだ。そしてわたしの顔を覗き込んで、

「アイちゃん、なに？　どうした？　泣いてるん？」

という。誰かがいる時は「アイ子嬢ちゃん」というのに、二人きりの時は「アイちゃん」と呼ぶ。泣いてるのん？　どれ顔見せて、と無理やり覗き込む。

わたしは安寿と厨子王の話はしないでほしいとはいえなかった。それをいっては負けることになる。わたしは耐えた。ひさやに向けていた枕の上の顔を反対側に向ける。ひさやは怒って、

「お話、聞きとうないのならもう寝なさい」

突き放すようにいって、荒々しく立って電灯のスイッチをひねる。

「おやすみ」

冷然といって襖をピシャンと閉める。

隣で寝ている姉ちゃんは寝つきがいい。枕に頭がつくかつかないうちにもう寝息が聞こえるくらいだった。毎晩そうだった。姉ちゃんさえこんな眠たがりやでなかったら、と何べん思ったことか。

ひさやはわたしが生まれて初めて出会った「敵」だった。わたしの後ろには「お父ちゃん」という強力な味方がついていたから、わ

たしの敵は一人もいなかったのだ。気に入らないことがあると二階へ届くほどの大声で泣けば、すぐにお父ちゃんの大声が、

「どうした！　何を泣いてるんだ！」

と階段が壊れそうな音を立てて降りて来ることもあれば、手に万年筆を握ったままのこともある。それでわたしは気に入らないことがあると、すぐに階段の下へ行って泣き声をはり上げた。

——仕事が出来ないじゃないか！

お父ちゃんのその一言は、水戸黄門の家来の格さんがかかげる葵のご紋の印籠みたいなものだった。みよややはるやがいた頃は、格別の効目《ききめ》があった。だがひさやはお父ちゃんがいくら怒っても、た

だ突っ立って見ているだけだったから、わたしはだんだん、階段の下で泣かなくなった。

ひさやとの暗闘《あんとう》にわたしは負けた。ひさやは安寿と厨子王に飽きると、番町皿屋敷の話をするようになった。

おきくという殿さまの腰元が、殿さまが大事にしている何枚揃いだかのお皿を割ったので、殿さまはひどく怒っておきくを手討ちにしてその屍体《したい》を庭の古井戸へ投げ込んでしまった。するとおきくの幽霊の声が古井戸から聞こえてくるようになった。

「イーチマイ……ニマイ……サンマイ……」

ひさやはおきくの幽霊になり代わって、高い細い声をここぞと慄わせる。

わたしの身体は固く縮まる。だがひさやの魂胆は察しがついている。やめてくれとはいえない意地がある。ただ固まって息を詰めて耐えている。涙は出なかった。出すまいとしているのではない。必死の戦闘態勢に入っているものだから涙なんか出したくても出なくなっていた。

ある夜、ひさやはイチマイニマイをやった後で、突然話をうち切っていった。

「あんた、怖いことないのン?」

「怖いことなんかないよ、ひさやがけったいな声出すんやもん……

けったいな声出して、ムリに慄わせたりして」

「そんなならもう寝なさい！」

ひさやはいい捨ててパッと立ち上がり、パチンと力まかせに電気を消して出て行った。

ひさやがいなくなると、闇がどっと押し寄せる。闇の中に何かがいる。おきくとは思わないけど、何かいる。わたしは急に怖くなった。布団にもぐり込んで、「カミサマ、カミサマ、カミサマ助けて下さい」と口の中でいった。ばあやはこんな時、

「ナンマイダー、ナンマイダー」

といっていたけれど、わたしの口に出て来たのは「鎮守の杜のカ

ミサマ」だった。

「カミサマ、カミサマ」といいながら、わたしは眠っていった。自分を励まさなければならなくなった時、鎮守のカミサマに祈るようになったのはそれが最初である。二度目に祈ったのは、試験の問題用紙が配られている時に、急におシッコがしたくてたまらなくなった時だ。

「カミサマ、カミサマ」

といいながら、椅子から半分ずり落ちそうになりながらおシッコをこらえこらえて答を書いた。その時の試験は満点だったので、わたしはカミサマを信じた。

学校の行き帰り少し足を延ばせば鎮守の杜へ行けるが、参道の手前を阪神電車が通っていて、踏切がある。学校の帰りその踏切の手前でわたしは立ち止まって頭を下げ、「カミサマ、有難うございます」と挨拶をするようになった。

姉ちゃんに初めて持った秘密だった。姉ちゃんは神サマの存在を信じていなかった。

「神サンなんかおらへんよ。おるんならどんな顔してるかいうてみい。誰も見たことないやろ。え？　あんた、知ってる？　神サンの顔」

と詰め寄られると、「そやかて……そやかて……けど、お父ちゃんかてお正月にはお詣りに八幡さんへ行くやないの」というのが精々だった。

姉ちゃんは幽霊も信じなかった。

「幽霊なんかおらへんよ。牡丹灯籠とか、みな作り話や」といい切った。生活というもんをしていないもんはみな空《クウ》や、といい切る時、姉ちゃんは偉そうな顔になった。空て何？　と訊くと「空は空や。それがわからんかったら話にならん」とお父ちゃんのようないい方になった。

海の色

わたしはこの家が大好きだったが、お母ちゃんは家の悪口ばっかりいっていた。

夏は、ああ暑いなあ、ジトジトしてからに、息が詰まるようや……、ああ暗いなあ、風は通らんし陰気やし、土手の松の木のせいやわ。お天気がええ日も悪い日も同じやし。暑い、暑い、といい暮らし、冬は、ああ寒いなあ、陰気やなあ、まるで穴ぐらや。なんぼ上天気でもここは寒い、部屋数ばっかり多うて、縮まって息してるだけや……。

それを聞くのがわたしはイヤでたまらなかった。わたしはこの家が大好きだ。中廊下は広々していて、毬《まり》つきでも羽根つきでも何でも出来る。日光が射さへんといってお母ちゃんは怒るけれど、階段を通して二階から真っ直ぐに光が流れて落ちてくるから、その廊下はいつも明るい。わたしはそう思うがお母ちゃんは土手ぎりぎりに寄せて家を建てたもんやからこんなことになるのや、と建てた人の悪口をいう。土手からせめて一間《いっけん》離れてたら少しは風も日ざしも入るやろに、これを建てた人は見栄っぱりで、狭い土地にとにかく大きな家を建てて目立ちたいという気持ちだけがあって、住み心地というものを考えたことがない人やったんやわ。わたしは心の中で「そんなら初めからこの家を買わんかったらええのや」と思っていた。

そのうち、外出嫌いのお母ちゃんが、よくお出かけするようになった。珍しくお父ちゃんが一緒のことが多かった。姉ちゃんやわたしが連れて行かれることもあった。よく知らない人の家の周りをグルグル廻ったり、時には案内する人がいて中へ入れてもらうこともあった。家へ帰って来るとお父ちゃんは必ずその家の悪口をいった。お母ちゃんはそれに賛成することもあるし、反対して喧嘩になることもあった。

そのうちお父ちゃんは家探しについて行かなくなった。お父ちゃんは今のこの家にそれほど文句があるわけではなかったのだ。

――昔、八郎がまだ学校へ上がる前の頃だ。その頃いた音羽の三軒長屋なんてのは、そりゃひどいものだったよ。その頃の音羽は低地で雨が降ると近くの江戸川がすぐに溢れた。うちの裏に江戸川の支流のドブ川が流れていたものだから、大雨が降ると畳を上げて暮らしたものだ。夏は藪蚊の巣窟《そうくつ》になった。昼間でも蚊帳《かや》を吊ってその中で暮らした。俳句の弟子が三人いて、作ってきた俳句を添削するのも蚊帳の中さ。十句添削して二十銭だか三十銭だったかの添削料だ。三人のうちの一人は糸屋の小僧でたいした才能はなかったが、後に有名な作詞家になった佐藤惣之助だ。もう一人はみなも知っているだろう。伊藤葦天《いてん》だ。彼は登戸《のぼりと》の太陽信仰の教祖の孫で、なかなかの熱血漢だった。三人目は由緒ある出雲の名家の手に負えない暴れ息子だったが、名家というものはいろいろ複雑なものがあって、何かというと暴れて手に負えないので、お屋敷から迎えの車が来る。仕方なく行くと、どういうわけか鎮まるんだな。その三人が持ってくる添削料が我が家の収入のすべてだった……。といっておやじちゃんはわっはっはァと笑うのだった。

雨が降るとすぐに水浸しになる低地だから家賃は格安、何か月か滞納していてもそうやかましく取り立てに来るわけでもなかったが、そんな陋屋《ろうおく》に八郎の姉を頭に年子の幼な子三人と書生一人と女中もいたのだ。当時の妻はおはるというお父ちゃんの最初の奥さんで、それぞれの個室などありようがないという家に書生と女中を置いていたのは、おはるさんが妻としての能力に欠けている、ただおとなしいばかりのお嬢さん育ちだったからだと、ずっと後になってお母ちゃんがいっていた。

夏になると冬物を質に入れ、冬が来ると夏物と入れ替えるという暮らし。子規門下の俳人として多少は名前が出ていたので、地方へ行くとそれなりに歓待された。金に困ると地方の俳人廻りをして生計の足しにしていた。

ある時、その句会廻りの旅先に書生と女中が駆落ちをしたという電報が来た。

「アリタトオトヨカケオチス。カヤモツテ」

という文面である。アリタは有田で、オトヨは女中の名前だ。カヤモツテは「蚊帳を持って」である。給料が滞っているので、蚊帳を持って行くしかなかったのだなあ、アッハッハァとお父ちゃんが雑誌社の人に話している大きな笑い声がいかにも楽しそうだった。

「何しろドブ川のそば、藪蚊がひどいんだが蚊いぶしなど何ひとつ買えないから、しょうがなしに飯台の脚を削って火鉢で燃やしていたんだね。飯台の脚がだんだん細くなっていってこのままでは味噌汁の椀が置けないというところまでいって、やっと秋も深まって蚊も出なくなったってわけだよ。わっはっはっはっは……」

その時のお客さんは出版社の人だったと思うけれど、お父ちゃんと一緒に笑いかけて、急に笑い止まり、「先生のその笑いは実に、ガンチクのある笑いですなあ」といった。ガンチクという言葉をわたしははじめて耳にし、そして意味はわからないが、はっきり覚えた。いつか使おうと思いながら、考えてみればまだ一度も日常会話でいう機会に恵まれていない。

お父ちゃんは住居なんぞどうでもよかったのだ。この家はたしかに暗くて陰気だとはいっているけれど、だからイヤだとは思っていないらしかった。お母ちゃんのイヤがる気持ちはわかるから一応賛成はしているが、イヤだから拒否するというほどではなかったらしい。

けれども家探しについて歩くのも面倒くさいし、お母ちゃんの機嫌をよくしたいという一心から、いっそ新しい土地を選んで気に入る家を新築するという決断をしたのだろう。

リョウちゃんが誰に宛てたものか、「先生はわたしらにはガミガミいうけど、奥さんにはへェへェや」と書いた手紙の下書きをお風呂の入口で落としていた。それをお母ちゃんが拾って読み、お母ちゃんは笑っていた。こういう時、お母ちゃんは怒らずに笑う人だった。

新しい家が漸《ようや》く建ち上がり、引越はわたしたちの学校が夏休みの間にすませることになった。この家ともお別れだから、それまで上がってはいけないといわれていた三階へ上がってもいいということになり、わたしは姉ちゃんや女中らと三階へ上がった。三階への階段はお父ちゃんの書斎の、お父ちゃんが机に向かって坐っているまん後《うし》ろの、襖の向こうに隠れていた。埃にまみれた細い階段を上がると、そこには畳が上げられ、脚立やら何に使うともわからない材木や壊れた椅子などが埃をかぶっていた。

南側の雨戸を開けると、うすぼんやりした晩春の日差しが入って来て、目の下には庭の繁った樹々の頭、遠く目を向けると重なり合う西畑集落の屋根の連なり、自転車で行くうどんや「奴《ヤッコ》」のおっさんらしい姿が見えたりした。松林の濃い緑がうねうねと海へ向かってつづき、その果てにあれは何なのか、海水浴場の砂浜か、波打際かの区別もわからぬままに、うす白い広がりが横たわり、そこに真っ白な泡立ちが動いていて、その末は空に溶け込んでいた。

「海は？　どこ？」

とわたしは訊いた。

「あすこに見えてますがな、松林があって、堤防があって、それからあれは砂浜かいな。砂浜みたいな筋があって、それからぼんやり動いてますやろ、兵児帯《へこおび》みたいに横に長い筋が」

あれが海？　そんならその上に広がってるのが空か？　ところどころに薄ぼんやりしたものが流れてるのは、あれは雲か？

わたしは柴山のハーちゃんや学校の友達からよく、アイちゃんの家の三階から海が見えるかと訊かれ、その度に「うん、見える」といい加減に答えていた。海はどんなふうに見えるのかと訊かれ、仕方なく、「青い」と出まかせをいっていた。「広うて、大きい」ともいっていた。「ふーん」と皆は感心し、「見たいなア」と必ずいった。「きれい？」といわれると、「うん、青い」というしかなかったのだ。いくら目を凝らしても青いものはなかった。どこにもなかった。

白いところが海なのか？

うねうねしている白い帯の上に溶け込んでいるのは大空だった。灰色がかってどこまでも薄ぼんやりと広がっている。

海は一筋の筋だった。広くもない。青くもなかった。絵のように動かず、じっとしていた。

『婦人公論』　二〇二二年九月号〜二〇二三年十月号　連載

装幀　中央公論新社デザイン室

佐藤愛子（さとう・あいこ）

一九二三年大阪生まれ。甲南高等女学校卒業。小説家・佐藤紅緑を父に、詩人・サトウハチローを兄に持つ。六九年『戦いすんで日が暮れて』で第六十一回直木賞、七九年『幸福の絵』で第十八回女流文学賞、二〇〇〇年『血脈』の完成により第四十八回菊池寛賞、一五年『晩鐘』で第二十五回紫式部文学賞を受賞。一七年旭日小綬章を受章。最近の著書に、大ベストセラーとなった『九十歳。何がめでたい』、『冥界からの電話』『人生は美しいことだけ憶えていればいい』『気がつけば、終着駅』『九十八歳。戦いやまず日は暮れず』などがある。

思《おも》い出《で》の屑籠《くずかご》

二〇二三年一一月一〇日　初版発行

著　者　佐藤《さとう》愛子《あいこ》
発行者　安部順一
発行所　中央公論新社
〒一〇〇-八一五二
東京都千代田区大手町一-七-一
電話　販売　〇三-五二九九-一七三〇
　　　編集　〇三-五二九九-一七四〇
URL https://www.chuko.co.jp/

DTP　嵐下英治
印　刷　共同印刷
製　本　大口製本印刷

Published by CHUOKORON-SHINSHA, INC.
Printed in Japan　ISBN978-4-12-005708-3 C0095

佐藤愛子の本

《単行本・電子書籍》

気がつけば、終着駅

『婦人公論』への登場も半世紀あまり。初寄稿の「クサンチッペ党宣言」「再婚自由化時代」から、最新の対談まで、エッセイ、インタビューを織り交ぜて、この世の変化を総ざらい。

佐藤愛子の本

《単行本・電子書籍》

何がおかしい　新装版

こんなヘンな人間でも、元気よく生き抜けるのだ。女と男、虚栄心、知性と笑い、子育て、教育……、世間の常識、風潮に物申す。今読んでも新しい、愛子節全開のスーパーエッセイ。

中央公論新社

佐藤愛子の本

愛子の格言　新装版

「ありのままに自分の息づかいでやっていくしかないいわいな」。男と女、嫁と姑、親と子……。世の常識、風潮に斜め後ろから物申す。全盛期の愛子節が炸裂するユーモアエッセイ集。

《単行本・電子書籍》

中央公論新社